四弦散谈

心理医生附耳细说

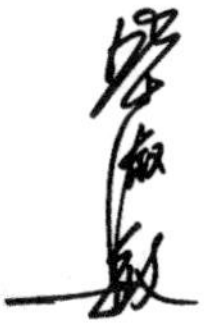

生活書店 出版有限公司
生活·讀書·新知 三联书店

自序 心理医生附耳细说

我做过心理医生，最主要的工作是倾听。倾听这世界的烦恼，倾听这人间的悲怆。听一些不着边际的牢骚，听一些怨恨与复仇的计划，听天马行空的幻觉，听……

这时，我很少说话，如果说，基本上都是轻声慢语，只有来访者一个人听到。

我在适当的时机，会说一些理解安慰的话，一些帮扶鼓励的话，一些挑战质询的话，一些期待向往的话……所有这些话，就算是强烈对质的话，都不曾大声说，因为它们不是指示，甚至也不是定论。它们只是一个灵魂陪着另一个灵魂，在泥泞中跋涉时的窃窃私语。

我们靠得如此之近，有时甚至比情侣还近。在这种近距离的接触中，我看到他或她的胸膛中尚未熄灭的理想火苗，在灰烬中跳跃；我听到他或她心灵中掩埋的美善种子，在旱涝中蓄势待发的挣扎……这些神圣时刻，如果不是静静倾听，如果不是附耳细说，就会如丝帛般在耀眼而喧嚣的世界缝隙中飘过，无从追索。

人类的韧性和无限的潜能，通常都是在冷静的状态下持久迸发。

在这寂静的夜晚，我独自向虚空中轻言。

人们在清冷中相识。人生苦短，人世苦寒。没有人承诺一定会给你温煦，就算有人真的曾经这样说过，无论是父母还是伴侣，你可以微笑着听，但不必真的信。就算他们有这个心，他们也没有这个力，因为世界不在他们的掌控中。唯有自己周而复始澎湃不息的血液，才能携带不竭的热量，在烘热了自身之后，向这个世界散发出微薄的暖意。

目录

像烟灰一样松散

常常觉得射击这个运动挺有意思。在现实生活中极具杀伤力的举动，在运动场上却是很平和的。你可以根本不知道你的对手是谁，不知道他打了多少环。你只是和你自己做斗争，你要最大范畴地调动你自己的能力，打出你的好成绩。当然，最终的比分要在对比中产生，但你最主要的对手始终是你自己。

有时候想，如果60发子弹，打出了600环的世界纪录，那么，这项赛事还要不要继续下去？答案可能是——还要。因为除了准确的比试以外，还有快速。

记得我当新兵时实弹射击，九发子弹打了81环，勉勉强强算个优秀。我第一发子弹就打偏了，是个七环。打完后看到靶纸，那个七环的位置，正好是在人像头部太阳穴附近。我说，哎呀，我这枪法尚可嘛，这一枪打过去，便可以致敌死命，为什么只给七环？连长说，你瞄的是哪里？我说，是胸膛。连长说，你瞄的是胸，却打到了脑门上，给你个七环就不错了。

曾结识了一位警察朋友，好枪法。不单单在射击场上百发百中，更在解救人质的现场，次次百步穿杨。当然了，这个“杨”不是杨树的杨，而是匪徒的代称。我问他从哪里练就的这份神功，他答非所问地说，我从来不参加我学生的葬礼。我以为他是怕伤感。由于枪法出众，很多人向他学习，在射击这一行上，也是桃李满天下了。我自以为是地说，参加自己学生的葬礼，就有了白发人送黑发人的凄楚吧？他听了我的猜测，很不屑地说，不是那个意思。你既然当了我的学生，就不应当死在歹徒的枪下，所以，我不参加学生的葬礼，原因有二：一是他们之中至今还一个都不曾死；二是如果他们死了，就不是一个好射手，我不认他做学生。

我笑说，以我的枪法，肯定在第一枪的时候就被“杨树”打死了。于是我向他请教射击的要领。他说，很简单，就是极端的平静。我说，这个要领所有打枪的人都知道，可是很难做到。他说，记住，你要像烟灰一样松散。只有放松，全部潜在的能量才会释放出来，协同你达到完美。

他的话我似懂非懂，但从此我开始注意以前忽略了的烟灰。烟灰，尤其是那些优质香烟燃烧后的烟灰，非常松散，几乎没有重量和姿态，真一个大象无形。它们懒洋洋地趴在那里，好像在冬眠。其实，在烟灰的内部，栖息着高度警觉和机敏的“鸟群”，任何一阵微风掠过，哪怕只是极轻淡的叹息，它们都会不失时机地腾空而起御风而行。它们的力量来自放松，来自一种飘扬的本能。这些本身没有结构，没有动力，可以说是微不足道的粉末，在某一个瞬间却能驾驭能量，飞向远方。

松散的反面是紧张。几乎每个人都有过由于紧张而惨败的经历。比如，考试的时候，全身肌肉僵直，心跳得好像无数个小炸弹在身体的深浅部位依次爆破，手指发抖，头冒虚汗，原本记得滚瓜烂熟的知识，改头换面潜藏起来；原本泾渭分明的答案变得似是而非，泥鳅一样滑走……考工面试的时候，要么扭扭捏捏不够大方，无法表现自己的真实实力，要么口若悬河躁动不安，拿捏不准问题的实质，只得用不停的述说掩饰自己的紧张，结果适得其反……比如约会朋友，本想讲出自己情感的关键词汇，不料面红耳赤嘴笨得像棉裤腰，闹出误会贻误了终身的幸福……悲惨的例子就不一一列举了，相信每个人都储存了一大堆这类不堪回首的往事。

谁都知道放松，可又有几个人能够收放自如？于是种种研究放松的方法层出不穷，但越来越多的人依然生活在紧张之中。社会是紧张的，节奏是紧张的，生活是紧张的，对话是紧张的，步伐是紧张的……现代的人们在紧张中已然迷失了太久，忘记了放松是一份怎样的惬意。

放松其实不仅仅是惬意，更是一种智慧高度发达的表现。伟大的弗洛伊德最重要的发现是找到了我们灵魂的地下室，那就是强大的潜意识。你不仅是在清醒的理智的状态下意识到那个“你”，你更是祖先无数经验的整合，你的肌肉你的神经，你的牙齿你的骨骼，你的感官你的血脉，都有源远流长的记忆和潜能。它们是谦逊和寂寞的，如果你强大的理性君临一切，它们就卑微地匍匐着，喑哑了自己的声音。只有在高度放松的时刻，注意啊，这种放松可不是放任不管，而是一种运筹帷幄的淡定，是一种对自我高度信任的沉静。大智若愚无为而治，你的潜能就秣马厉兵地活跃起来。它们默契地配合着，如同最精准的仪器，迅速地整合着模糊混乱的信息，去粗取精去伪存真，风驰电掣地得出一个最佳的组合，然后不由分说地付诸实施。

于是我明白了，我的警察朋友在瞄准“杨树”的时候，就是处在这样的幽远而辽阔的松弛之中——烟灰一样松散。后来，我给他找了个有异曲同工之妙的伙伴。

德国曾发生过一桩血案。一个19岁的小伙子，因没能通过毕业考试而留级一年。次年2月，因为伪造医生的假条以逃避期末考试，被校方发现，把他开除了。他满腔怒火，一心要报复学校。4月的一天上午，他戴着恐怖的面具，一手握一支手枪，一手拎着连发猎枪，闯进学校，见人就打，主要是瞄准老师，他觉得是他们让他蒙受了羞辱。在20分钟的疯狂射击中，他的手枪共打出了40发子弹，将17人打死，其中有13名老师。他还有大量的子弹，足够把数百人送进坟墓。这时候，他的历史老师海泽先生走过来，抓住他的衬衣，试图同他说话。这个血洗了母校的学生认出了他的老师，他摘掉了自己的面具。海泽先生叫着他的名字说，罗伯特，扣动你的扳机吧。如果你现在向我射击，那就看着我的眼睛！那个杀人杀红了眼的学生，盯着海泽先生看了一会儿，缓缓地放下了手枪，说，先生，我今天已经足够了。

后来海泽先生把凶手推进了一间教室，猛地关上了门，上了锁。此后不久，凶手在教室里饮弹自杀。

这是另一个有关射击的故事，凶险而血腥。我惊讶那位海泽先生的勇敢，更惊讶他在这种千钧一发之时所说的话。

请看着我的眼睛扣动扳机。海泽先生对自己的目光，一定有着充分的自信。在手无寸铁的情况下，他使用了自己的目光。如果是我，可能会躲起来，即便是站出来阻止，也会挥舞着门板或是桌椅之类的掩体……总之，我可能会有一千种方式，但我想不到会说——请你看着我的眼睛。

我猜这是海泽先生常说的一句话，在课堂上，在校园里。在万分危急的时刻，海泽先生不说教也不声色俱厉，只是轻轻地说了一句在课堂上常说的话。正是这句话，唤起了凶手残存的最后一丝良知，停止了暴行。海泽先生像烟灰一样松散的话语，让整整一校的无辜师生免于肝脑涂地。

在最危急的时刻，能保持极端的放松，不是一种技术，而是一种修养，是一种长期潜移默化修炼提升的结果。我们常常说，某人胜就胜在心理上，或是说某人败就败在心理上。这其中的差池不在理性上，而在这种心灵张弛的韧性上。

没事的时候，看看烟灰吧。它们曾经是火焰，燃烧过沸腾过，但它们此刻很安静。它们毫不张扬，聚精会神地等待着下一次的乘风而起，携带着全部的能量，抵达阳光能到达的任何地方。

放松不仅仅是生活的常态，更是物种进化的链条。人们啊，需要常常提醒自己，像烟灰一样放松。放松不是无所事事，不是听天由命，不是随波逐流。放松是一种高度的自信，放松是一种磨炼之后的整合，放松是举重若轻玉树临风。当你放松的时候，你所有的岁月和经验，你所有的勇气和智慧，便都集合在你内心，情绪就会安然从容，勇气就会源源不断。你不一定能胜利，但你能竭尽全力去参与过程。

心灵拒绝创可贴

我有过若干次讲演的经历，在北大和清华，在军营和监狱，在农村土坯搭建的课堂和美国最奢华的私立学校……面对从医学博士到纽约贫民窟的孩子等各色人群，我都会很直率地谈出对问题的想法。在我的记忆中，有一次的经历非常难忘。

那是一所很有名望的大学，约过我好几次了，说学生们期待和我进行讨论。我一直推辞，我从骨子里不喜欢演说。每逢答应一桩这样的公差，就要莫名地紧张好几天。但学校方面很执着，在第N次邀请的时候说：该校的学生思想之活跃甚至超过了北大，会对演讲者提出极为尖锐的问题，常常让人下不了台，有时演讲者简直是灰溜溜地离开学校。

听他们这样一讲，我的好奇心就被激励起来了，我说，我愿意接受挑战。于是，我们就商定了一个日子。

那天，大学的礼堂挤得满满的，当我穿过密密的人群走向讲台的时候，心里涌起怪异的感觉，好像是“文革”期间的批斗会场，不知道今天将有怎样的场面出现。果然，从我一开始讲话，就不断地有条子递上来，不一会儿，就在手边积成了厚厚一堆，好像深秋时节被清洁工扫起的落叶。我一边讲演，一边充满了猜测，不知树叶中潜伏着怎样的思想炸弹。讲演告一段落，进入回答问题阶段，我迫不及待地打开了堆积如山的纸条，一张张阅读。那一瞬，台下变得死寂，偌大的礼堂仿若空无一人。

我看完了纸条，说，有一些表扬我的话，我就不念了。除此之外，纸条上提的最多的问题是——“人生有什么意义？请你务必说真话，因为我们已经听过太多言不由衷的假话了。”

我念完这个纸条以后，台下响起了掌声。我说，你们今天提出这个问题很好，我会讲真话。我在西藏阿里的雪山之上，面对着浩瀚的苍穹和壁立的冰川，如同一个茹毛饮血的原始人，反复地思索过这个问题。我相信，一个人在他年轻的时候，是会无数次地叩问自己——我的一生，到底要追索怎样的意义？

我想了无数个晚上和白天，终于得到了一个答案。今天，在这里，我将非常负责地对大家说，我思索的结果是：人生是没有任何意义的！我这句话说完，全场出现了短暂的寂静，如同旷野。但是，紧接着，就响起了暴风雨般的掌声。

那是我在讲演中获得的最热烈的掌声。在以前，我从来不相信有什么“暴风雨”般的掌声这种话，觉得那只是一个拙劣的比喻。但这一次，我相信了。我赶快用手做了一个“暂停”的手势，但掌声还是绵延了若干时间。

我说，大家先不要忙着给我鼓掌，我的话还没有说完。我说，人生是没有意义的，这不错，但是——我们每一个人要为自己确立一个意义！

是的，关于人生的意义的讨论充斥在我们的周围。很多说法，由于熟悉和重复，已让我们从熟视无睹滑到了厌烦。可是，这不是问题的真谛。真谛是，别人强加给你的意义，无论它多么正确，如果它不曾进入你的心理结构，它就永远是身外之物。比如我们从小就被家长灌输过人生意义的答案。在此后漫长的岁月里，谆谆告诫的老师和各种类型的教育，也都不断地向我们批发人生意义的补充版。但是，有多少人把这种外在的框架当成了自己内在的标杆，并为之下定了奋斗终生的决心？

那一天结束讲演之后，我听到有同学说，他觉得最大的收获是听到有一个活生生的中年人亲口说，人生是没有意义的，你要为之确立一个意义。

其实，不单是中国的青年人在目标这个问题上飘忽不定，就是在美国的著名学府哈佛大学，也有很多人无法在青年时代就确立自己的目标。我看到一则材料，说某年哈佛的毕业生临出校门的时候，校方对他们做了一个有关人生目标的调查。结果是，27%的人完全没有目标，60%的人目标模糊，10%的人有近期目标，只有3%的人，有着清晰而长远的目标。

25年过去了，那3%的人不懈地朝着一个目标坚忍努力，成了社会的精英，而其余的人，成就要相差很多。

我之所以提到这个例子，是想说明在人生目标的确立上面，无论中国还是外国的青年，都遭遇到了相当程度的朦胧或是混沌状态。有人会说，是啊，那又怎么样？我可以一边慢慢成长，一边寻找自己的人生意义啊。我平日也碰到很多青年朋友，诉说他们的种种苦难。我在耐心地听完那些折磨他们的烦心事之后，把他们渴求帮助的目光撇在一旁，我会问，你的人生目标是什么呢？

他们通常会很吃惊，好像怀疑我是否听懂了他们的愁苦，甚至恼怒我为什么对具体的问题视而不见，而盘问他们如此不着边际的空话。更有甚者，以为我根本就没有心思听他们说话，自己胡乱找了个话题来搪塞。我会迎着他们疑虑的目光，说，请回答我的这个问题，你为什么而活着呢？

年轻人一般会很懊恼地说，这个问题太大了，和我现在遇到的事没有一点儿关联。我会说，你错了。世上的万物万事都有关联。有人常常以为心理上的事只和单一的外界刺激有关，就事论事，其实心理和人生的大目标有着纲举目张的紧密接触。很多心理问题，实际上都是人生的大目标出现了混乱和偏移。

举个例子。一个小伙子找到我，说他为自己说话很快而苦恼。他交了一个女朋友，感情很好，但女孩子不喜欢他说话太快，一听他口若悬河滔滔不绝地说个没完，女孩就说自己快变成大头娃娃了。还说如果他不改掉这毛病，就不能把他引见给自己的妈妈，因为老人家最烦的就是说话爱吐唾沫星子的人。

你说我怎么才能改掉说话太快的毛病？他殷切地看着我，让我觉得如果不帮他这个忙，简直就成了毁掉他一生爱情和事业的凶手。

我说，你为什么要讲话那么快呢？

他说，如果慢了，我怕人家没有耐心听完我的话。您知道，现今的社会，节奏那么快，你讲慢了，人家就跑了。

我说，如果按照你的这个观点发挥下去，社会节奏越来越快，你岂不是就得说绕口令了？可你的准丈母娘并不是这样的人啊，她就喜欢说话速度慢一点并且注意礼仪的人啊。

他说，好吧，就算你说的这两种人可以并存，但我还是觉得说话快一些，比较占便宜，可以在单位时间内传达更多的信息。

我说，那你的关键就是期待别人能准确地接受你的信息。你以为只有快速发射信息才是唯一的途径。你对自己的观点并不自信。

他说，正是这样。我生怕别人不听我的，我就快快地说，多多地说。

当他这样说完之后，连自己也笑起来。我说，其实别人能否接受我们的观点，语速并不是最重要的。而且，你能告诉我，你为什么这样在意别人是否能接受你的观点？

这个说话很快的男孩突然语塞起来，忸怩着说，我把理想告诉你，你可不要笑话我。

我连连保证绝不泄密。他说，我的理想是当一个政治家。所有的政治家都很雄辩，你说对吧？

我说，这咱们就比较接触到了问题的实质。要当一个政治家，第一要自信。他们的雄辩不是来自速度，而是来自信念。一个自信的人，不论说话快还是慢，他们对自我信念的坚守流露出来会感染他人。我知道你有如此远大的理想，这很好。你要做的事，不是把话越说越快，而是积攒自己的力量，让自己的信念更加坚定。

那一天的谈话就到此为止。后来，这个男生告诉我，他讲话的速度已慢了下来，也被批准见了自己的准丈母娘，听说很受欢迎。

这厢刚刚解决了一个说话快的问题，紧接着又来了一位女硕士，说自己的心理问题是讲话太慢，周围的人都认为她有很深的城府，不敢和她交朋友，以为在她那些缓慢吐出的话语背后，隐藏着怎样的阴谋。

我试了很多方法，却无法让自己说话快起来，烦死了。她慢吞吞地对我这样说，语速的确有一种压抑人的迟缓，好像在话的背后还隐藏着另一句话。

我看她急迫的神情，知道她非常焦虑。

我说，你讲每一句话是否都要经过慎重的考虑？

她说，是啊。如果不考虑，讲错了话，谁负得了这个责？

我说，你为什么特别怕讲错话？

女硕士说，因为我输不起。我家庭背景不好，家里有犯罪的人，周围的人都看不起我们。我家里很穷，从小是靠亲戚的施舍我才能完成学业。我生怕一句话说差了，人家不高兴，就不给我学费了。所以，连问一句“你吃了吗？”这种中国人最普通的问话，我也要三思而后行。我怕人家说，你连自己的饭都吃不饱，也配来问别人的吃饭问题。

听到这里，我说，我明白了。你觉得自己的每一句话都可能引致他人的误解，给自己造成不良影响。

女硕士连连说，对对，就是这样的。

我笑了，说，你这一句话说得并不慢啊。

她说，那我是相信你不会误会我。

我说，这就对了。你说话速度慢，不是一个技术性的问题，是你不能相信别人。你是否准备一辈子都不相信任何人？如果是这样的话，我断定你的讲话速度是不会改变的。如果你从此相信他人，讲话的速度自然会比较适宜，既不会太慢，也不会太快，而是能收放自如。

那个女生后来果然有了很大的改变，她的人际关系也有了进步。

这篇文章我们从一个很大的目标谈起，结果要在一个很小的地方结束。我想说，一个人的心理是一座斗拱飞檐的宫殿，这座宫殿的基础就是我们对自己人生目标的规划和对世界对他人的基本看法。一些看起来是技术和表面的问题，其实内里都和我们的基本人生观有着千丝万缕的联系。心理问题切不可头痛医头脚痛医脚，那样如同创可贴，只能暂时封住小伤口，却无法从根本上让我们的精神强健起来。

做自己身体的朋友

每个人都居住在自己的身体里面，从一出生到最后的离世时刻。这在谁都是没有疑义的，但我们对自己的身体知道多少？

尤其是女性，我们的身体不但是最贴切最亲密的房子，对大多数女性来说，还是诞育人类后代最初的温室。我们怎能不爱护这一精妙绝伦的构造？

我认识一位女性朋友，她患了严重的妇科疾患，到医院诊治。检查过后，医生很严肃地对她说，要进行一系列的治疗，这期间要停止夫妻生活。她听完之后，一言不发扭头就走。事后我惊讶地问她这是为什么，为何不珍惜自己的生命？她说，丈夫出差去了，马上要回家来。如果此刻开始接受治疗，丈夫回来享受不到夫妻生活，就会生气。所以，她只有不在乎自己的身体了。

那一刻，我大悲。

女性啊，你的身体究竟属于谁？

早年当医生时，我见过许多含辛茹苦的女人，直到病入膏肓，才第一次踏进医院的大门。看她满面菜色，疑有营养不良，问起家中的伙食，她却很得意地告诉你，一个月，买了多少鸡，多少蛋……听起来，餐桌上盘碗还不算太拮据。那时初出道，常常就轻易地把这话放过了。后来在老医生的教诲下，渐渐长了心眼，逢到这种时候，总要更细致地追问下去。这许多菜肴，吃到你嘴里的，究竟有多少呢？比如，一只鸡，你吃了哪块儿？鸡腿还是鸡翅？

答案往往令人心酸。持家的女人，多是把好饭好菜让给家人，自己打扫边角碎料。吃的是鸡肋，喝的是残汤。

还有更多的现代女性，在传媒广告绝色佳人的狂轰滥炸下，不满意自己身体的外形。嫌自己的腿不长，忽略了它最基本的功能是持重和行走；嫌自己的眼不大，淡忘了它最重要的作用是注视和辨别；嫌自己的皮肤不细白，漠视它最突出的贡献是抵御风霜；嫌自己的手指不纤长，忽视了它最卓越的表现是力量与技巧……于是，她们自卑自惭之后，在商家的引导下，便用种种方式迫害自己的身体，以致美容毁了容、减肥丧了命的惨事，时有所闻。

我们的身体——这所我们居住的美轮美奂的宫殿，你可通晓它的图纸？有多少女人，是自己的“身体盲”？

以我一个做过医生的女性的眼光来看，一些有关女性身体的著作，做女人的，无论你多忙，也要抽空一读。

或许正因为你非同寻常地忙，就更得一读。因为你的身体，是你安身立命的资本。如果你连自己的身体都不懂不爱，你何谈洞察世事，爱他人爱世界?

爱不是一句空话，爱的基础是了解。你先得认识你的身体，听懂它特别对你发出的信号，明白它的坚忍和它的极限。你的身体是跟随你终身的好朋友，在它那里，居住着你自己的灵魂。如果它粉碎了，你所有的理想都成了飘萍。身体是会报复每一个不爱惜不尊重它的人的。如果你浑浑噩噩地摧残它，它就会冷峻地给你一点颜色看。一旦它衰微了，你将丧失聪慧的智力和充沛的体力，难以自强自立于世。

我希望有更多的姐妹们，当然也希望先生们，来读读关于身体的书。它是我们每个人都享有的这座宫殿的导游图。

苍蝇向何处而飞？

从小，我就知道自己是个笨手笨脚的女孩。最显著的证据就是我打不到苍蝇。看那家伙蹲在墙上，傲慢地搓着手掌，翅膀悠闲地打着拍子，我咬牙切齿地举起苍蝇拍，屏气，心跳欲裂，长时间瞄准后猛然扑下，苍蝇却轻盈地飞走了。留下惆怅的我，欲哭无泪，悔恨自己竟被一只苍蝇打败。

甚至我第一次有意识地说谎，也同苍蝇有关。每年夏天，少先队都要开展打苍蝇比赛，自报数字。面对着同学们几十上百的战果，我却只能报出寥寥几个，惭愧无比。想打杀更多苍蝇的心愿火烧火燎，但我遇到的苍蝇都狡猾无比，无论我瞄准多长时间，它必能抢在拍落之前起飞逃窜，且定可逃脱。绝望之中，我确信自己先天性手脚搭配失灵，不然为什么人人都能轻易做到之事，在我却如此艰难？为了面子好看，我开始虚构消灭苍蝇的数字，幸亏我学习不错，又是大队长，信誉还凑合，以至没人怀疑。可说了假话，终是恐惧，为了心里安稳些，下次看到苍蝇，我就闭着眼睛把蝇拍砸下，然后并不看打到没有，扬长而去。这样报数时，压力轻些。

后来当兵，射击训练时，手抖得像得了老年震颤症，三点无论如何瞄不成一线。老兵宽慰我说，这对新兵很正常，练练就好，没什么稀奇。但我羞惭不已，四处检讨自己笨。内心想的是提前制造舆论，为实弹射击吃鸭蛋埋下伏笔，让大伙儿先有个思想准备，觉得本人打不中靶子理所当然。虽然后来我的射击成绩是“优”，开展争特等神枪手运动时，还是知趣地逃之夭夭。我固执地认为，那次好成绩纯属偶然，先天缺陷无药可治。

做实习军医时，外科主任说，我看你反应快，素质好，培养你成为外科一把刀如何？那时学员之间流传着：金外科，银内科，破铜烂铁妇儿科……女生能被外科权威挑中，是天大的福气。但我毫不迟疑地拒绝了，胡乱找了一个理由，说我晕血，不喜欢外科。其实内心真正的恐惧是——外科讲究心灵手巧，我是一个连苍蝇都打不死的人，怎么能成为出色的女外科医生呢？

多少年来，凡是需要手眼配合的关头，我都自觉地退避三舍。哪怕是学气功和防身武术，心中热望，迫切报名，最后关头均以退出告吹。解嘲道，我很笨，肯定学不好，甭浪费老师的时间啦。我尽量地躲开需要身体运动的技术，怕自己像打不到苍蝇一般，在众人面前丢丑。因为这种遮掩退缩，在漫长的岁月里，我的手脚果真变得越来越笨了。

人到中年，突然在一篇科普文章中读到，通过超高速摄影，然后慢速回放，可以观察到苍蝇起飞的那一瞬，是猛然间向后飞翔。如果你要想准确地命中苍蝇，就要瞄准它的后方……

没人知道，这行简单的字迹，给我带来了多么大的震撼和心灵救赎。那一刻，我几乎热泪盈眶。

我明白了，打飞苍蝇，不在动作笨拙，而是大脑无知。因为求胜心切，所以长时间地瞄准，惊动了苍蝇，失去了就地歼敌的良机。紧接着，在运动战中杀灭对方的意图，又因错误判断苍蝇是向前飞行，导致屡战屡败。

一个简明的道理，搞懂它，用去数十年。那只想象中的巨蝇，横亘在我人生的旅途上，不止一次地强烈干扰了我的重大决策。我从未对人谈起过这只苍蝇，但我知道，它阴险地活跃在我的自我判断中，让我自卑，催我退缩，它使我自动放弃许多学习各种事物的成长机会，又成了我姑息自己推诿责任倚靠他人不肯努力的挡箭牌和遮羞布。

我剖析自己，思考良久，人们容易夸大自己的成绩和优点，沾沾自喜，这虽然不明智，起码尚好理解。但我们有时夸大自己的失误和缺陷，甚至以此为矛，振振有词，究竟是为什么？

我们习惯一事当前，先为自己布下巧妙逃遁的理由。我们善于发挥悲哀的想象力，制造可资逃避的借口。我们不断地把一些后天的弱点，归结为遗传的天性，以洗脱自身应负的责任。我们没有勇气针对瑕疵自我解剖，便推诿于种种客观和大自然的不可抗拒之力。

这一切的核心是怯懦。对自身的敌人，也需有正视和砍刈的英雄气概。

从那以后，我击打苍蝇几乎是百发百中了。但由于多年退避的惯性，我于需要用手操作的场合，还是十分笨拙。我知道，那只嗡嗡作响的“巨蝇”，并不甘心退出它寄居了数十年的巢穴。由于我以往的姑息养奸，它已尾大不掉。举起思想中的蝇拍，瞄准它，扣紧它的后方，无论它起飞还是降落，都力争消灭它，是我毕生的一件活儿了。

提醒幸福

我们从小就习惯了在提醒中过日子。天气刚有一丝风吹草动，妈妈就说，别忘了多穿衣服。才相识了一个朋友，爸爸就说，小心他是骗子。你取得了一点成功，还没容得乐出声来，所有关切着你的人一起说，别骄傲！你沉浸在欢快中的时候，自己不停地对自己说，千万不可太高兴，苦难也许马上就要降临……

我们已经习惯于提醒，提醒的后缀词总是灾祸。灾祸似乎成了提醒的专利，把提醒也染得充满了淡淡的贬义。

我们已经习惯了在提醒中过日子，看得见的恐惧和看不见的恐惧始终像乌鸦盘旋在头顶。

在皓月当空的良宵，提醒会走出来对你说，注意风暴。于是我们忽略了皎洁的月光，急急忙忙做好风暴来临的一切准备。当我们大睁着眼睛枕戈待旦之时，风暴却像迟归的羊群，不知在哪里徘徊。当我们实在忍受不了等待灾难的煎熬时，我们甚至会恶意地祈盼风暴早些到来。

在许多夜晚，风暴始终没有降临。我们辜负了冰冷如银的月光。

风暴终于姗姗地来了。我们怅然发现，所做的准备多半是没有用的。事先能够抵御的风险毕竟有限，世上无法预计的灾难却是无限的。战胜灾难靠的更多的是临门一脚，先前的惴惴不安帮不上忙。

当风暴的尾巴终于远去，我们守住凌乱的家园，气还没有喘匀，新的提醒又智慧地响起来，我们又开始对未来充满恐惧地期待。

人生总是有灾难。其实大多数人早已练就了对灾难的从容，我们只是还没有学会灾难间隙的快活。我们太注重让自己警觉苦难，我们太忽视提醒幸福。

请从此注意幸福！

幸福也需要提醒吗？

提醒注意别跌倒……提醒注意路滑……提醒别受骗上当……提醒宠辱不惊……先哲们提醒了我们一万零一次，却不提醒我们幸福。

也许他们认为幸福不提醒也跑不了的。也许他们以为好的东西你自会珍惜，犯不上谆谆告诫。也许他们太崇尚血与火，觉得幸福无足挂齿。他们总是站在危崖上，指点我们逃离未来的苦难。

但避去苦难之后的时间是什么？

那就是幸福啊！

享受幸福是需要学习的，当幸福即将来临的时刻需要提醒。人可以自然而然地学会感官的享乐，人却无法天生地掌握幸福的韵律。灵魂的快意同器官的舒适像一对孪生兄弟，时而相傍相依，时而南辕北辙。

幸福是一种心灵的震颤，它像会倾听音乐的耳朵一样，需要不断地训练。

简言之，幸福就是没有痛苦的时刻。它出现的频率并不像我们想象的那样少。人们常常只是在幸福的金马车已经驶过去很远，才拣起地上的金鬃毛说，原来我见过它。

人们喜爱回味幸福的标本，却忽略幸福披着露水散发清香的时刻。那时候我们往往步履匆匆，瞻前顾后不知在忙着什么。

世上有预报台风的，有预报蝗虫的，有预报瘟疫的，有预报地震的，却没有人预报幸福。

其实幸福和世界万物一样，有它的征兆。

幸福常常是朦胧地、很有节制地向我们喷洒甘霖。你不要总希冀轰轰烈烈的幸福，它多半只是悄悄地扑面而来。你也不要企图把水龙头拧得更大，使幸福很快地流失。而需静静地以平和之心，体验幸福的真谛。

幸福绝大多数是朴素的。它不会像信号弹似的，在很高的天际闪烁红色的光芒。它披着本色的外衣，亲切温暖地包裹起我们。

幸福不喜欢喧嚣浮华，常常在暗淡中降临。贫困中相濡以沫的一块糕饼，患难中心心相印的一个眼神，父亲一次粗糙的抚摸，女友一张温馨的字条……这都是千金难买的幸福啊！像一粒粒缀在旧绸子上的红宝石，在凄凉中愈发熠熠夺目。

幸福有时会同我们开一个玩笑，乔装打扮而来。机遇、友情、成功、团圆……它们都酷似幸福，但它们并不等同于幸福。幸福会借了它们的衣裙，袅袅婷婷而来，走得近了，揭去帏幔，才发觉它有钢铁般的内核。幸福有时会很短暂，不像苦难似的笼罩天空。如果把人生的苦难和幸福分置天平两端，苦难体积庞大，幸福可能只是一块小小的矿石。但指针一定要向幸福这一侧倾斜，因为它有生命的黄金。

幸福有梯形的切面，它可以扩大也可以缩小，就看你是否珍惜。

我们要提高对于幸福的警惕，当它到来的时刻，激情地享受每一分钟。据科学家研究，有意注意的结果比无意注意要好得多。

当春天来临的时候，我们要对自己说，这是春天啦！心里就会泛起浓浓的绿意。

幸福的时候，我们要对自己说，请记住这一刻，幸福就会长久地伴随我们。

那我们岂不是拥有了更多的幸福？

所以，丰收的季节，先不要去想可能的灾年，我们还有漫长的冬季来得及考虑这件事。我们要和朋友们跳舞唱歌，渲染喜悦。既然种子已经回报了汗水，我们就有权享受幸福。不要管以后的风霜雨雪，让我们先把麦子磨成面粉，烘一个香喷喷的面包。

所以，当我们从天涯海角相聚在一起的时候，请不要踌躇片刻后的别离。在今后漫长的岁月里，有无数孤寂的夜晚可以独自品尝愁绪。现在的每一分钟，都让它像纯净的酒精，燃烧成幸福的淡蓝色火焰，不留一丝渣滓。让我们一起举杯，说，我们幸福。

所以，当我们守候在年迈的父母膝下时，哪怕他们鬓发苍苍，哪怕他们垂垂老矣，你都要有勇气对自己说，我很幸福。因为天地无常，总有一天你会失去他们，会无限追悔此刻的时光。

幸福并不与财富地位声望婚姻同步，它只是你心灵的感觉。

所以，当我们一无所有的时候，我们也能够说，我很幸福，因为我们还有健康的身体；当我们不再享有健康的时候，那些最勇敢的人可以依然微笑着说，我很幸福，因为我还有一颗健康的心。甚至当我们连心都不再存在的时候，那些人类最优秀的分子仍旧可以对宇宙大声说，我很幸福，因为我曾经生活过。

常常提醒自己注意幸福，就像在寒冷的日子里经常看看太阳，心就不知不觉暖洋洋亮光光了。

握紧你的右手

常常见女孩郑重地平伸着自己的双手，仿佛托举着一条透明的哈达。看手相的人便说，男左女右。女孩把左手背在身后，把右手手掌对准湛蓝的天。

常常想，世上可真有命运这种东西？它是物质还是精神？难道说，我们的一生都早早地被一种符咒规定，谁都无力更改？我们的手难道真是激光唱盘，所有的祸福都像音符微缩其中？

当我沮丧的时候，当我彷徨的时候，当我孤独寂寞悲凉的时候，我曾格外地相信命运，相信命运的不公平。

当我快乐的时候，当我幸福的时候，当我成功优越欣喜的时候，我格外地相信自己，相信只有耕耘才有收成。

渐渐地，我终于发现命运是我怯懦时的盾牌，当我叫嚷命运不公最响的时候，正是我预备逃遁的前奏。命运像一只筐，我把自己对自己的姑息、原谅以及所有的延宕都一股脑地塞进去，然后蒙一块宿命的轻纱。我背着它慢慢地向前走，心中有一份心安理得的坦然。

有时候也诧异自己的手。手心叶脉般的纹路还是那样琐细，但这只手做过的事情，却已有了几番变迁。

在喜马拉雅山、冈底斯山、喀喇昆仑山三山交会的高原上，我当过卫生员。在机器轰鸣铜水飞溅的重工业厂区里，我做过主治医师。今天，当我握着笔杆写我对这个世界的看法时，我觉得是用我的手把我的心制成薄薄的切片，置于真和善的天平之上……

高原呼啸的风雪，卷走了我一生中最好的年华，并以浓重的阴影，倾泻于行程中的每一处驿站。

岁月送给我苦难，也馈赠我清醒与冷静。我如今对命运的看法，恰恰与少年时相反。

当我快乐当我幸福当我成功当我优越当我欣喜的时候，当一切美好辉煌的时刻，我要提醒我自己——这是命运的光环笼罩了我。在这个环里，居住着机遇，居住着偶然性，居住着所有帮助过我的人。

而当我遭受挫折感到悲哀的时候，我便镇静地走出那个怨天尤人的我，像孙悟空的分身术一样，跳起来，站在云头上，注视着那个不幸的人，于是我清楚地看到了她的软弱、她的怯懦、她的虚荣，以及她的愚昧……

如今，我对命运已心平气和。

小时候是个女孩，大起来成为女人，总觉得做个女人要比男人难，大约以后成了老婆婆，也要比老爷爷累。

生活中就像没有无缘无故的爱一样，也没有无缘无故的幸运。对于女人，无端的幸运往往更像一场阴谋一个陷阱的开始。我不相信命运，我只相信我的手。因为它不属于冥冥之中任何未知的力量，而只属于我的心。我可以支配它，去干我想干的任何一件事情。我不相信手掌的纹路，但我相信手掌加上手指的力量。

蓝天下的女孩，在你纤细的右手里，有一粒金苹果的种子。所有的人都看不见它，唯有你清楚地知道它将你的手心炙得发痛。

那是你的梦想，你的期望！

女孩，握紧你的右手，千万别让它飞走！相信自己的手，相信它会在你的手里，长成一棵会唱歌的金苹果树。

地铁客的风格

挤车可见风格。陌生人与陌生人亲密接触，好像丰收的一颗葡萄与另一颗葡萄，彼此挤得有些变形；也似一个民族刺出的一滴血，可验出那个民族的习惯。

到日本，出行某地，正是清晨，地铁站里无声地拥挤着。大和民族有一种喑哑的习惯，嘴巴钳得紧紧，绝不轻易流露哀喜。地铁开过来了，从窗户看过去，车厢内全是黄皮肤，如等待化成纸浆的芦苇垛，僵立着，纹丝不动。我们因是集体行动，怕大家无法同入一节车厢，走散了添麻烦，显出难色。巴望着下列车会松些，等了一辆又一辆。翻译急了，告知日本地铁就是这种挤法，再等下去，必全体迟到。大伙儿说，就算我们想上，也上不去啊。翻译说，一定上得去的，只要你想上。有专门的“推手”，会负责把人群压入车门。于是在他的率领下，破釜沉舟地挤车。嘿，真叫翻译说着了，当我们像一个肿瘤，凸鼓在车厢门口之时，突觉后背有强大的助力涌来，猛地把我们抵入门内。真想回过头去看看这些职业推手如何操作，并致敬意。可惜人头相撞，颈子根本打不了弯。

肉躯是很有弹性的物件，看似针插不进水泼不进的车厢，呼啦啦一下又顶进若干人。地铁中灯光明亮，在如此近的距离内，观察周围的脸庞，让我有一种惊骇之感。

日本人如同干旱了整个夏秋的土地，板结着，默不作声。躯体被夹得扁扁的，神色依然平静，对极端的拥挤毫无抱怨的神色，坚忍着。我终于对他们享誉世界的团队精神，有了更贴近的了解。那是在强大的外力之下，凝固成铁板一块。个体消失了，只剩下凌驾其上的森冷意志。

真正的苦难才开始。一路直着脖子仰着脸，以便把喘出的热气流尽量吹向天花板，别喷入旁人的鼻孔。下车时没有了职业推手的协助，抽身无望。车厢内层层叠叠如同页岩，嵌顿着。只能从人们的肩头掠过，众人分散在几个车厢才下了车，拢在一起。从此我一想到东京的地铁，汗就立即从全身透出。

美国芝加哥的地铁，有一种重浊冰凉的味道，到处延展着赤裸裸的钢铁，没有丝毫柔情和装饰，仿佛生怕人们忘了这是早期工业时代的产物。

又是上班时间。一辆地铁开过来了，看窗口，先是很乐观，车厢内相当空旷，甚至可以说疏可走马，必能松松快快地上车了。可是，且慢，车厢门口怎么那样挤？仿佛秘结了一个星期的大肠。想来这些人是要在此站下车的，怕出入不方便，所以早早聚在出口吧。待车停稳，才发现那些人根本没有下车的打算，个个如金发秦叔宝，扼守门口，绝不闪让。车下的人也都心领神会地退避着，乖乖缩在一旁，并不硬闯。我拉着美国翻译就想窜入，她说再等一辆吧。

眼看着能上去的车，就这样懒散地开走了，真让人于心不忍，且于是者三。我说，上吧。翻译说，你硬挤，就干涉了他人的空间。正说着，一位硕大身膀的黑人妇女，冲决门口的阻挠挺了上去，侧身一扛就撞到中部敞亮地域，朝窗外等车者肆意微笑，甚是欢快。我说，你看你看，人家这般就上去了。翻译说，你看你看，多少人在侧目而视。我这才注意到，周围的人们，无论车上的和车下的，都是满脸的不屑，好似在说，请看这个女人，多么没有教养啊！

我不解，明明挤一挤就可以上去的，为何如此？翻译说，美国的习俗就是这样。对于势力范围格外看重，我的就是我的，神圣不可侵犯。来得早，站在门口，这就是我的辖地。我愿意让出来，是我的自由；我不愿让，你就没有权利穿越……

北京地铁的拥挤程度，似介于日本和美国之间。会不会挤车，是考量北京人地道与否的重要标志之一。单单挤得上去，不是本事；上去了，要能给后面的人也闪出空隙，与人为善才是正宗。只有民工才大包小包地挤在门口处，他们是胆怯和谦和的，守门不是什么领地占有欲，而是初来乍到，心中无底，怕自己下不去车。他们毫无怨言地任凭人流的撞击，顽强地为自己保有一点安全感。在城里待久了，他们就老练起来，一上车就机灵地往里走，用半生不熟的普通话说着：劳驾借光……车厢内膛相对松快，真是利人利己。北京的地铁客在拥挤中，被人挤了撞了，都当作寻常事，自认倒霉，并不剑拔弩张。比如脚被人踩了，上等的反应是幽默一把，说一句："对不起，我硌着您的脚了。"中等的也许说："倒是当心点啊，我这脚是肉长的，您以为是不锈钢的吧？"即便是下等的反应，也不过是嘟囔一句："坐没坐过车啊，悠着点，我这踝子骨没准折了，你就得陪我上医院CT去！"之后一瘸一拐地独自下车了。

人与人的界限这个东西，不可太清，水至清则无鱼，太清就到了冷漠的边缘。当然也不可太近，没有了界限也就没有了个性没有了独立。适当的"度"，是一种文化的约定俗成。

还是喜欢中庸平和之道。将来有了环球地铁，该推行的可能正是北京这种东方式的弹性距离感。

全职主夫

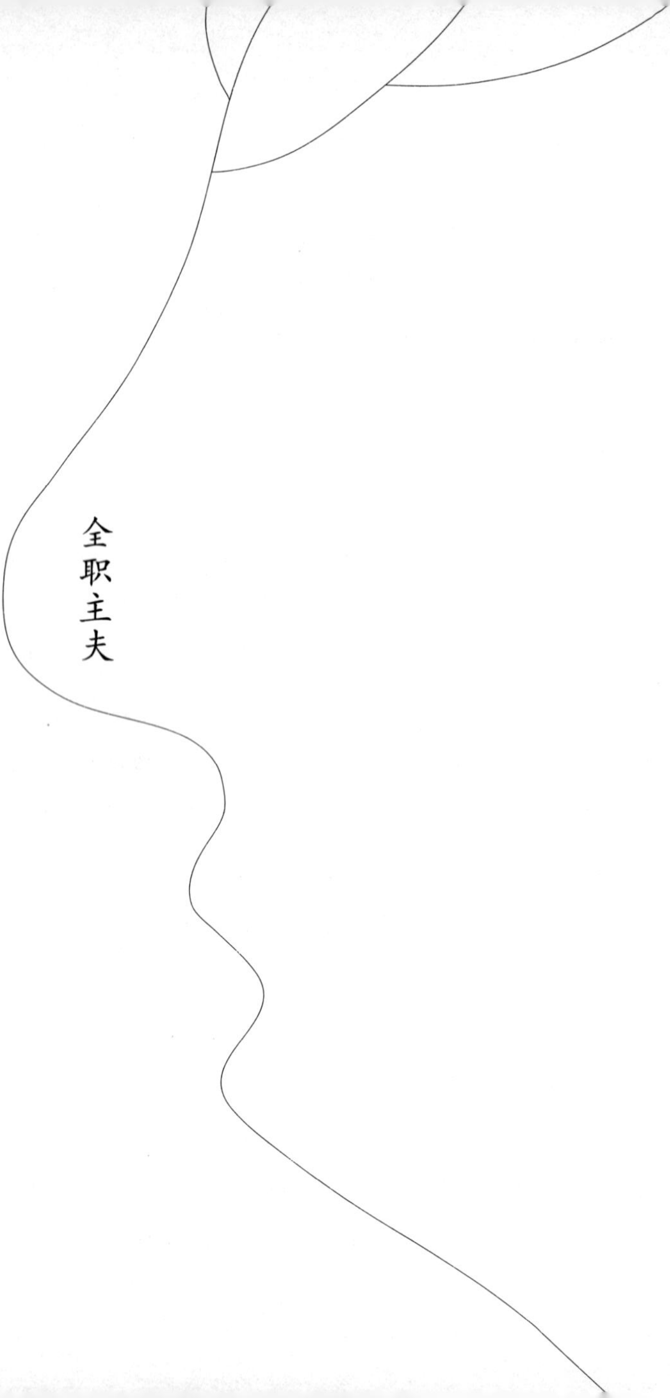

早上，告别伊利诺伊州的小镇，出发到芝加哥去，我和安妮要到附近车站乘大巴。从小镇到距离最近的罗克福德车站，有一个半小时的车程。真够远的了。我们在岳拉娜老奶奶家吃了早饭，安坐着等待车夫到来。沿途的接送都是由志愿者负责，今天我们将有幸见到谁？

几天前，从罗克福德车站小镇来的时候，是一对中年夫妇接站。丈夫叫鲍比，妻子叫玛丽安。他们的车很普通，牌子我叫不出来，估计也就是相当于国内的“夏利”那个档次。车里不整洁也不豪华，但还舒适。我这样说，一点也没有鄙薄他们财力或是热情的意思，只是觉得有一种平淡的家常。

丈夫开车，车外是大片的玉米地。玛丽安面容疲惫，但很健谈，干燥的红头发飘拂在她的唇边，为她的话增加了几分焦灼感。我说，看你很操劳辛苦的样子，还到车站迎接我们，非常感谢。

玛丽安说，疲劳感来自我的母亲患老年性痴呆14年，前不久她去世了。都是我服侍她的，我是一名家庭主妇。我知道陪伴一名老人走过她最后的道路是多么艰难的过程。母亲去世了，我一下子不知道干什么好了，照料母亲成了我生命的一部分。现在，我干什么呢？虽然我有家庭，鲍比对我很好……

说到这里，开车的鲍比听到点了他的名，就扭过头，很得意地笑笑。

玛丽安说，孩子也很好，可这些都填补不了母亲去世后留下的黑洞。这一段经历，我不想让它轻易流失。你猜，我选择了怎样的方式悼念母亲？

我说，你要为母亲写一本书吗？这的确是我能想出的最好的悼念母亲的办法了。玛丽安说，不是每个人都有能力写书的。我想出的办法是竞选议员。

我的眼睛睁圆了。当议员可比写书难多了，我不由得对身边的玛丽安刮目相看，议员是谁都当得了的？这位普通的美国妇女，消瘦疲倦，眼圈发黑，看不出有什么叱咤风云的本领，居然就像讨论晚餐的豌豆放不放胡椒粉那样，淡淡地提出了自己的宏大理想。玛丽安沉浸在对自我远景的设计中，并未顾及我的惊讶。她说，我要向大家呼吁，给我们的老年人更多的爱和财政拨款。服侍老人不但是子女的义务，也是全社会代价高昂的工作。这不但是爱老年人，也是爱我们每一个人。我到处游说……

我忍不住问，结果怎么样？你有可能当选吗？玛丽安一下羞涩起来，说，我从没有竞选的经验，准备也很不充分。当然，财力也不充裕。所以，这第一次很可能要失败了。但是，我不会气馁的，我会不懈地争取下去，也许你下次来的时候，我已经是州议员了。

玛丽安说到这里，鲍比就把汽车的喇叭按响了。宽广的道路上没有一个人，也没有任何险情，喇叭声声，代表鲍比的喉咙，为妻子助威。我对玛丽安生出了深深的敬佩，怎么看她都不像是一个能执掌政治的女人，但是谁又能预计她献身政治后的政绩，不是辉煌和显赫的呢？因为她的动机是那样单纯和坚定。

有了来时和这位“预备役议员”的谈话，我就对去时与谁同车，抱有了浓烈的期待。

车夫来了，一个很高大而帅气的男子，名叫约翰。一见面，约翰连说了两句话，让我觉得行程不会枯燥。第一句话是：出远门的人，走得慌忙，往往容易落下东西，我帮你们装箱子，你们再好好检查一下，不要遗漏了宝贝。在他的提醒下，我迅速检点了一番自己的行囊。乖乖，照相机就落在了客厅的沙发上。在整个美国的行程中，我只这一次丢了东西，还被细心的约翰挽救了回来。约翰的第二句话是：你的箱子颜色很漂亮，它不是美国的产品，好像是意大利的。我感到很惊奇。惊奇的是一个大男子汉，居然在记忆中储存有关女士箱子的色彩和款式的资料，并把产地信手拈来。我说，谢谢你的夸奖。你对箱子很了解啊！能知道你是做什么工作的吗？我猜想他可能是百货公司的采购员。

约翰把车发动起来，他的车非常干净清爽。他一边开车一边回答：我的工作吗？是足球教练。

我自作聪明地说，赛球的时候走南闯北的，所以你就对箱子有研究了。约翰笑起来说，我这个足球教练，只教我的三个孩子。我有三个男孩，他们可爱极了。他说着，竟然情不自禁地减速，然后从贴身的皮夹里掏出一张照片，三个如竹笋一般修长挺拔的孩子踩着足球，笑容像新鲜柠檬一样灿烂。约翰说，我的工作，就是照顾我的三个孩子。我接送他们上学，为他们做饭，带他们游玩和锻炼。我的邻居看到我把自己的孩子带得这样好，就把他们的孩子也送到我这儿训练，我就多少挣一点小钱。但绝大多数时间，我是挣不到一分钱的，因为我不好意思领工资，我是全职的家庭主夫啊！

我赶快把自己的脸掉向窗外，因为我无法确保自己的五官，不因巨大的愕然而错位。令我惊奇的不仅是这样一个正当壮年的健康男子，居然天天在家从事育子和家务劳动，更重要的是他在讲这些话的时候，那种安然的坦率和溢于言表的幸福感。我从来没有见过一个男子说到自己的职业是——家庭主夫时，如此地心平气和。

我变得小心翼翼起来。我怕我不合时宜的语调，出卖了我的惊讶。我说，你的妻子是做什么的？约翰说，法官，她是法官，是我们这一带非常有名气的法官。我说，那你这样……没有工作，对不起，我的意思是在家里……的工作……她心理平衡吗？

约翰很有几分不解地说，平衡？她为什么不平衡呢？这是一种多么好的组合！她喜欢她的孩子，可是她要工作，把孩子交给谁来照料呢？当然是我了，她才最放心。

话说到这个份儿上，我顾虑再追问下去，是否有些不敬，但我实在太想知道答案了，只好冒着得罪人的危险说，要是您不介意，我还想问问，您心理平衡吗？约翰说，我？当然，平衡，我那么爱我的孩子，能够整天和我的孩子在一起，我是求之不得的。世上不是每个男人都有这样的福气的。他们不一定能娶到我夫人这样能干的女子，我娶到了，这是我天大的运气啊！

交流到这个程度，我心中的问号基本上被拉直，变成惊叹号了。我只有彻头彻尾地相信，世界上有一种家庭主夫非常快乐地生活着，绽放着令世界着迷的笑脸。

到了车站，当我和安妮把行李搬下来，和约翰友好地招手告别时，突然安妮一声惊叫：天啊，我的手提电脑……落在岳拉娜家了！

那一瞬，很静，听得见枫树摇晃树叶的声音。从车站到我们曾经居住的小镇，一来一回要三个小时，约翰刚才还说，他要赶回去给孩子做饭呢！我们看着约翰，约翰看着我们，气氛一时有些微妙和尴尬。临行之前，他再三再四地叮嘱我们，现在不幸被他言中，距离吃午饭的时间非常近了。

约翰是很有资格埋怨我们的，哪怕是一个不悦的眼神。出于不得不顾及的礼节，他可以帮助我们，但他有权利表达他的为难和遗憾。

但是，没有，他此刻的表情，我真的无法形容，原谅我用一个不恰当却能表达我当时感觉的词——他是真正的贤妻良母，展现着真正的温和温暖的笑容，耐心而和善。好像是一个长者刚对小孩子说过，你小心一点，别摔倒了，那孩子就来了一个嘴啃泥。他的第一个反应不是埋怨和指责，而是本能地微笑和照料。他很轻松地说，不要紧。出门在外的人，这样的事情常常发生。你们不要着急，我这就赶回小镇。照料我的孩子们吃完午饭，我就到岳拉娜家取电脑，然后立即赶回这里。等着我吧。在这段时间里，你们看看美丽的枫树。只有伊利诺伊州的枫树是这样冷不防地就由黄色变成红色的，非常俏皮。离开了这里，你们就看不到如此美丽的枫树了。

约翰说着，挥挥手，开着车走了。我和安妮坐在秋天的阳光下，看着公路上约翰的车子变成一只小小的甲虫，消失在远方。我们什么也不说，等待着他亲切的笑容在秋阳下重新出现。

成千上万的丈夫

有成千上万的男人，可能成为某个女人的好丈夫。

这句话，从一位做律师的女友嘴中，一字一顿地吐出时，坐在对面的我，几乎从椅子上滑到地上。

别那么大惊小怪的。这话也可以反过来对男人说，有成千上万的女人，可以成为你们的好妻子。你知道我不是指人尽可夫的意思。教养和职业，都使我不会说出这类傻话。我是针对文学家常常在作品中鼓吹的那种“唯一”，才这样标新立异。女友侃侃而谈。

没有唯一，唯一是骗人的。你往周围看看，什么是唯一的？太阳吗？宇宙有无数个太阳，比它大的，比它亮的，恒河沙数。钻石吗？也许有一天我们会飞到一颗钻石组成的星球上，连旱冰场都是钻石铺的。那种清澈透明的石块，原子结构很简单，更容易复制了。指纹吗？指纹也有相同的，虽说从理论上讲，几十亿上百亿人当中，才有这种可能性。好在我们找丈夫不是找罪犯，不必如此精确。世上的很多事情，过度精确，必然有害。伴侣基本是一个模糊数学问题，该马虎的时候一定要马虎。

有一句名言很害人，叫作“每一片绿叶都不相同”。我相信在科学家的电子显微镜下，叶子间会有大区别，楚河汉界。但在一般人眼中，它们的确很相似。非要把基本相同的事物，看得大不相同，是神经过敏故弄玄虚。在森林里，如果戴上显微镜片，去看高大的乔木，除了满眼惨绿，头晕目眩，无法掌握树林的全貌，只得无功而返。也许还会迷失方向，连回家的路都找不到了。

婚姻是一般人的普通问题，不要人为地把它搞复杂。合适做你丈夫的人，绝非前无古人后无来者的异数。就像我们是早已存在的普通女人，那些普通的男人，也已安稳地在地球上生活很多年了。我们不单单是一个人，更是一种类型，就像喜欢吃饺子的人，多半也爱吃包子和馅饼。科学早就证明，洋葱和胡萝卜脾气相投，一定会成为好朋友。大豆和蓖麻天生和平共处。玫瑰花和百合种在一起，彼此都花朵繁茂，枝叶青翠。但甘蓝和芹菜相克，彼此势不两立。丁香和水仙花，更是水火不相容。郁金香干脆会置勿忘草于死地……如果你是玫瑰，只要清醒地坚定地寻找到百合种属中的一朵，你就基本获得了幸福。

当然了，某一类人的绝对数目虽然不少，但地球很大，人又都在走来走去，我们能否在特定的时辰，遇到特定的适宜伴侣，也并不是太乐观的事。

相信唯一，你就注定在茫茫人海东跌西撞寻寻觅觅，如同一叶扁舟想捕获一条不知潜在何处的鳟鱼，等待你的是无数焦渴的黎明和失眠的月夜。

抱着拥有唯一的愿望不放，常常使女人生出组装男友和丈夫的念头。相貌是非常重要的筹码，自然列在前茅。再加上这一个学历高，那一个家庭好，另一个脾气柔雅，还有一个事业有成……女人恨不能将男人分解，剁下各自最优异的部分，用以上零件，由女人纤纤素手黏合成一个美轮美奂的新男人，该是多么美妙！

只可惜宇宙浩渺，到哪里寻找这样的胶水？

这种表面美好的幻想，核心是一团虚妄的灰雾在作祟，婚姻中自然天成的唯一佳侣，几乎是不存在的。许多婚礼上，我们以为天造地设的婚姻，夭折得如同闪电。真正的金婚银婚，多是历久弥新的磨合与默契。

女人不要把一生的幸福，寄托在婚前对男性千锤百炼的挑拣中，以为选择就是一切。对了就万事大吉，错了就一败涂地。选择只是一次决定的机会，当然对了比错了好。但正确的选择只是良好的开端，即使航向对头，我们依然还会遭遇风暴。淡水没了，船橹漂走，风帆折了……种种危难如同暗礁，潜伏于航道，随时可能颠覆小船。选择错了，不过是输了第一局。开局不利，当然令人懊恼，然而赛季还长，你可整装待发，蓄芳来年。

只要赢得最终的胜利，终是好棋手。

在我们人生的旅途中，不得不常常进入出售败绩的商场。那里不由分说地把用华丽外衣包装的痛苦，强售给我们。这沉重惨痛的包袱，使人沮丧。于是出了店门，很多人动用遗忘之手，以最快的速度把痛苦丢弃了。这是情绪的自我保护，无可厚非。但很可惜，买椟还珠，得不偿失。付出的是生命的金币，收获的只是垃圾。如果我们能够忍受住心灵的煎熬，细致地打开一层层包装，就会在痛苦的核心里，找到失败随机赠送的珍贵礼品——千金难买的经验和感悟。

如果执着地相信唯一，在苦苦寻找之后一无所获，或是得而复失，懊恼不已，你就拿到了一本储蓄痛苦的零存整取的存单，随时都有些进账可以添到收入一栏里。当它积攒到一笔相当大的数目，在某个枯寂的晚上，一股脑儿齐提出来，或许可以置你于死地。

即使选择非常幸运地与“唯一”靠得很近，也不可放任自流。“唯一”不是终身的平安保险单，而是需要养护需要滋润需要施肥需要精心呵护的鲜活生物。没有比婚姻这种小动物更需要营养和清洁的维生素了。就像没有永远的敌人一样，也没有永远的爱人。爱人每一天都随新的太阳一同升起。越是情调丰富的爱情，越是易馊，好比鲜美的肉汤如果不天天烧开，便很快滋生杂菌以致腐败。

不要相信唯一。世上没有唯一的行当，只要勤劳敬业，有千千万万的职业适宜我们经营。世上没有唯一的恩人，只要善待他人，就有温暖的手在危难时接应。世上没有唯一的机遇，只要做好准备，希望就会顽强地闪光。世上没有唯一只能成为你的妻子或丈夫的人，只要有自知之明，找到相宜你的类型，天长日久真诚相爱，就会体验相伴的幸福。

女友讲完了，沉思袅袅地笼罩着我们。我说，你的很多话让我茅塞顿开，但是……

但是……什么呢？直说好了。女友是个爽快人。

我说，是否因工作和爱人都不是你的唯一，所以才这般决绝？不管你怎样说，我依然相信世界上存在着“唯一”这种概率。如同玉石，并不能因为我们自己不曾拥有，就否认它的宝贵。

女友笑了，说，一种概率若是稀少到近乎零的地步，我们何必抓住苦苦不放？世上有多少婚姻的苦难，是因追求缥缈的“唯一”而发生的啊！对我们这些普通的男人和女人来说，抵制“唯一”，也许是通往快乐的小径。

走出黑暗巷道

那个女孩子坐在我的对面，薄而脆弱的样子，好像一只被踩扁的冷饮蜡杯。我竭力不被她察觉地盯着她的手——那么小的手掌和短的手指，指甲剪得秃秃的，仿佛根本不愿保护指尖，恨不能缩回骨头里。

就是这双手，协助另一双男人的手，把一个和她一般大的女孩子的喉管掐断了。那个男子被处以极刑，她也要在牢狱中度过一生。

她小的时候，住在一个小镇上，是个很活泼好胜的孩子。一天傍晚，妈妈叫她去买酱油，在回家的路上，她被一个流浪汉强暴了。妈妈领着她报了警，那个流浪汉被抓获。他们一家希望这件事从此被人遗忘，最好像从没发生过。但小镇上的人对这种事，有着经久不衰的记忆和口口相传的热情。女孩在人们炯炯的目光中，渐渐长大，个子不是越来越高，好像是越来越矮。她觉得自己很不洁净，走到哪里都散发出一种异样的味道。因为那个男人在侮辱她的过程中说过一句话：“我的东西种到你身上了，从此无论你到哪儿，我都能把你找到。”她原以为时间的冲刷，可以让这种味道渐渐稀薄，没想到随着年龄的增大，她觉得那味道越来越浓烈了，怪异的嗅觉，像尸体上的乌鸦一样盘旋着，无时不在。她断定世界上的人，都有比猎狗还敏锐的鼻子，都能侦察出这股味道。于是她每天都哭，要求全家搬走。父母怜惜越来越皱缩的孩子，终于下了大决心，离开了祖辈的故居，远走他乡。

迁徙使家道中落。但随着家中的贫困，女孩子缓缓地恢复了过来，在一个没有人知道她的过去的地方，生命力振作了，鼻子也不那么灵敏了。在外人眼里，她不再有显著的异常，除了特别爱洗脸和洗澡。无论天气多么冷，女孩从不间断地擦洗自己。由于品学兼优，中学毕业以后她考上了一所中专。在那所人生地不熟的学校里，她人缘不错，只是依旧爱洗澡。哪怕是只剩吃晚饭的钱了，宁肯饿着肚子，也要买一块味道浓郁的香皂，把全身打出无数泡沫。她觉得比较安全了，有时会轻轻地快速微笑一下。童年的阴影难以扼制青春的活力，她基本上变成一个和旁人一样的姑娘了。

这时候，一个小伙子走来，对她说了一句话：我喜欢你，喜欢你身上的味道。她在吓得半死中，还是清醒地意识到，爱情并没有嫌弃她，猛地进入她的生活中来了。她没有做好准备，她不知道自己能不能爱，该不该同他讲自己的过去。她只知道这是一个蛮不错的小伙子，自己不能把射来的箭，像个印第安土人的飞去来似的，放回去。她执着而痛苦地开始爱了，最显著的变化是更频繁地洗澡。

一切顺利而艰难地向前发展着，没想到新的一届学生招进来。一天，女孩在操场上走的时候，像被雷电劈中，肝胆俱碎。她听到了熟悉的乡音，从她原先的小镇，来了一个新生。无论她装出怎样的健忘，那个女孩子还是很快地认出了她。

她很害怕，预感到一种惨痛的遭遇，像刮过战场的风一样，把血腥气带了来。

果然，没有多久，关于她幼年时代的故事，就在学校流传开来。她的男朋友找到她，问，那可是真的？

她很绝望，绝望使她变得无所顾忌，她红着眼睛狠狠地说，是真的！怎么样？

那个小伙子也真是不含糊，说，就算是真的，我也还爱你！

那一瞬，她觉得天地变容，人间有如此的爱人，她还有什么可怕的呢？还有什么不可献出的呢？

于是他们同仇敌忾，决定教训一下那个饶舌的女孩。他们在河边找到她，对她说，你为什么说我们的坏话？

那个女孩心有些虚，但表面上却更嚣张和振振有词，说，我并没有说你们的坏话，我只说了有关她的一个真事。她甚至很放肆地盯着爱洗澡的女孩说，你难道能说那不是一个事实吗？

爱洗澡的女孩突然就闻到了当年那个流浪汉的味道，她觉得那个流浪汉一定是附体在这个女孩身上，千方百计地找到她，要把她千辛万苦得到的幸福夺走。积攒多年的怒火狂烧起来，她扑上去，撕那饶舌女生的嘴巴。一边对男友大吼说，咱们把她打死吧！

那男孩子巨蟹般的双手，就掐住了新生的脖子。

没想到人怎么那么不经掐，好像一朵小喇叭花，没怎么使劲，就断了，再也接不上了。女孩子直着目光对我说，声音很平静。我猜她一定千百次地在脑海中重放过当时的录影，不明白生命为何如此脆弱，为自己也为他人深深困惑。

热恋中的这对凶手惊慌失措。他们看了看刚才还穷凶极恶现在已了无声息的传闲话者，不知道下一步该怎样动作。

咱们跑吧？跑到天涯海角。跑到跑不动的时候，就一道去死。他们几乎是同时这样说。

他们就让尸体躺在发生争执的小河边，甚至没有丝毫掩埋。他们总觉得她也许会醒过来。匆忙带上一点积蓄，窜上了火车。不敢走大路，就漫无目的地奔向荒野小道，对外就说两个人是旅行结婚。钱很快就花光了，他们来到云南一个叫情人崖的深山里，打算手牵着手，从悬崖跳下去。

于是拿出最后的一点钱，请老乡做一顿好饭吃，然后就实施自戕。老乡说，我听你们说话的声音，和《新闻联播》里的是一个腔调，你们是北京人吧？

反正要死了，再也不必畏罪潜逃，他们大大方方地承认了。

我一辈子就想看看北京。现在这么大岁数，原想北京是看不到了。现在看到两个北京人，也是福气啊。老人说着，倾其所有，给他们做了一顿丰盛的好饭，说什么也分文不取。

他们低着头吃饭，吃了很多。这是人间最后的一顿饭了，为什么不吃得饱一点呢？吃饱之后，他们很感激也很惭愧，讨论了一下，决定不能死在这里。因为尽管山高林密，过一段日子，尸体还是会被发现。老人听说了，会认出他们，会痛心失望的。他一生唯一看到的两个北京人，还是被通缉的坏人。对不起北京也就罢了，他们怕对不起这位老人。

他们从情人崖走了，这一次，更加漫无边际。最后，不知是谁说的，反正是一死，与其我们死在别处，不如就死在家里吧。

他们刚一回到家，就被逮捕了。

她对着我说完了这一切，然后问我，你能闻到我身上的怪味吗？

我说，我只闻到你身上有一种很好闻的栀子花味。

她惨淡地笑了，说，这是一种很特别的香皂，但是味道不持久。我说的不是这种味道，是另外的……就是……你明白我说的是什么……闻得到吗？

我很肯定地回答她，除了栀子花的味道，我没有闻到任何其他的味道。

她似信非信地看着我，沉默不语。过了许久，才缓缓地说，今生今世，我再也见不到他了。就是有来生，天上人间苦海茫茫的，哪里就碰得上！牛郎织女虽说也是夫妻分居，可他们一年一次总能在鹊桥见一面。那是一座多么美丽和轻盈的桥啊！我和他，即使相见，也只有在奈何桥上。那座桥，桥墩是白骨，桥下流的不是水，是血……

我看着她，心中充满哀伤。一个女孩子，幼年的时候，就遭受重大的生理和心理创伤，又在社会的冷落中屈辱地生活。她的心理畸形发展，暴徒的一句妄谈，居然像咒语一般，控制着她的思想和行为。她慢慢长大，好不容易恢复了一点做人的尊严，找到了一个爱自己的男孩。又因为这种黑暗的笼罩，不但把自己拖入深渊，而且让自己所爱的人走进地狱。

旁观者清。我们都看到了症结的所在，但作为当事人，她在黑暗中苦苦地摸索，碰得头破血流，却无力逃出那桎梏的死结。

身上的伤口，可能会自然地长好，但心灵的创伤，自己修复的可能性很小。我们能够依赖的只有中性的时间，但有些创伤虽被时间轻轻掩埋，表面上暂时看不到了，但在深处，依然存有深深的窦道。一旦风云突变，那伤痕就剧烈地发作起来，敲骨吸髓地痛楚起来。

我们每个人，都有一部精神的记录，藏在心灵的多宝格内。关于那些最隐秘的刀痕，除了我们自己，没有人知道它陈旧的纸页上滴下多少血泪。不要乞求它会自然而然地消失，那只是一厢情愿的神话。

重新揭开记忆疗治，是一件需要勇气和毅力的事情。

所以很多人宁可自欺欺人地糊涂着，也不愿清醒地焚毁自己的心理垃圾。但那些鬼祟也许会在某一个意想不到的瞬间，幻化成形，牵引我们步入歧途。

我们要关怀自己的心理健康，保护它，医治它，强壮它，而不是压迫它，掩盖它，蒙蔽它。只有正视伤痛，我们的心，才会清醒有力地搏动。

蚕是被自己的丝裹住的

蚕是被自己的丝裹住的，这是一个真理。每一个养过蚕的人和没有养过蚕的人，都知道这件事。蚕丝是一寸一寸吐出来的，在吐的时候，蚕昂着头，很快乐专注的样子。蚕并没有意识到，正是自己的努力劳动，才将自己的身体束缚得紧紧的。直到被人一股脑儿丢进开水锅里，煮死，然后那些美丽的丝，成了没有生命的嫁衣。

这是蚕的悲剧。当我们说到悲剧的时候，不由自主地持了一种观望的态度。也许，是“剧”这个词，将我们引入歧途。以为他人是演员，而我们只是包厢里遥远的安全的看客。其实，作茧自缚的情况，绝不如想象的那样罕见，它们广泛地存在于我们周围，空气中到处都飘荡着纷飞的乱丝。

钱的丝飞舞着。很多人在选择以钱为生命指标的时候，看到的是钱所带来的便利和荣耀的光环。钱是单纯的，但攫取钱的手段却不是那样单纯。把一种物品作为自己奋斗的目标，它的危险，不在于这种物品的本身，而在于你是怎样获取它并消费它。或许可以说，收入钱的能力还比较地容易掌握，支出它的能力则和人的综合素质有极大的关系。在这个意义上讲，有些人是不配享有大量的金钱的。如同一个头脑不健全的人，如果碰巧有了很大的蛮力，那么，无论是对于他本人还是对于他人，都不是一件幸事。在一个社会财富和个人财富飞速增长的时代，钱是温柔绚丽的，钱也是飘浮迷茫的，钱的乱丝令没有能力驾驭它的人窒息，直至被它绞杀。

爱的丝也如四月的柳絮一般飞舞着，迷乱着我们的眼，雪一般覆盖着视线。这句话严格说起来，是有语病的。真正的爱，不是诱惑，是温暖，只会使我们更勇敢和智慧，但的确有很多人被爱包围着，时有狂躁。那就是爱得没有节制了。没有节制的爱，如同没有节制的水和火一样，甚至包括氧气，同是灾难性的。

水火无情，大家都是知道的。但是谈到氧气，那是一种多么好的东西啊。围棋高手下棋的时候，吸氧之后，妙招迭出，让人疑心气袋之中是否藏有古今棋谱？记得我学习医科的时候，教授讲过这样一个故事。一名新护士值班，看到衰竭的病人呼吸十分困难，用目光无声地哀求她——请把氧气瓶的流量开得大些。出于对病人的悲悯，加上新护士特有的胆大，当然，还有时值夜半，医生已然休息。几种情形叠加在一起，于是她想，对病人有好处的事，想来医生也该同意的，就在不曾请示医生的情况下，私自把氧气流量表拧大。气体通过湿化瓶，汩汩地流出，病人顿感舒服，眼中满是感激的神色，护士就放心地离开了。那夜，不巧来了其他的重病人。当护士忙完之后，捋着一头的汗水再一次巡视病房的时候，发现那位衰竭的病人已然死亡。究其原因，关键的杀手竟是——氧气中毒。高浓度的氧气抑制了病人的呼吸中枢，让他在安然的享受中丧失了自主呼吸的能力，悄无声息地逝去了……

很可怕，是不是？丧失节制，就是如此恐怖的魔杖。它令优美变成狰狞，使怜爱演为杀机。

谈到爱的缠裹带给我们的灾难，更是俯拾即是。放眼观察，会发现很多。多少人为爱所累，沉迷其中，深受其苦。在所有的蚕丝里面，我以为爱的丝，可能是最无形而又最柔韧的一种。挣脱它，也需要最高的能力和技巧。这当中的奥秘，需每一个人细细揣摩练习。

还有工作的丝，友情的丝，陋习的丝，嗜好的丝……或松或紧地包绕着我们，令我们在习惯的窠臼当中难以自拔。

逢到这种时候，我们常常表现得很无奈很无助，甚至还有一点点敝帚自珍的狡辩。常常可以听到有人说，我也知道自己的毛病，也不是不想改，可就是改不掉。

我就是这样一个人了……当他说完这些话的时候，就好像对自己和对众人都有了一个交代，然后脸上就显出坦然无辜的样子，仿佛合上了牛皮纸封面的卷宗。

每当这种时候，我在悲哀的同时，也升起怒火。你明知你的茧，是你自己吐的丝凝成的，你挣扎在茧中，你想突围而出。你遇到了困难，这是一种必然。但你却为自己找了种种的借口，你向你的丝退却了。你一面吃力地咬断包围你的丝，一面更汹涌地吐出你的丝，你是一个作茧自缚的高手，你比推石头的西西弗斯还惨。他的石头只是滚上又滚下，起码并没有变得更大更沉重。你的丝却在这种突围和分泌的交替中，汲取了你的气力，蚕食了你的信心，它令你变得越来越不喜爱自己，退缩着，在茧中藏得更深更严密更闭锁更干瘪了。

我们每个人都有一些茧。这些茧背负在我们的身上，吸取着我们的热量，让我们寒冷，令前进的速度受限。撕碎这茧，没有外力和机械可供支援，只有靠自己的心和爪。

茧破裂的时候，是痛苦的。茧是我们亲手营造的小世界。茧的空间虽是狭窄的，也是相对安全的。甚至一些不良的嗜好，当我们沉浸其中的时候，感受到的也是习惯成自然的熟络。打破了茧的蚕，被鲜冷的空气、闪亮的阳光、新锐的声音、陌生的场景……刺激着，扰动着，紧张的挑战接踵而来。这种时刻的不安，极易诱发退缩。但它是正常和难以避免的，是有益和富于建设性的。你会在这种变化当中，感受到生命充满爆发的张力，你知道你活着痛着并且成长着。

有很多人终身困顿在他们自己的茧里。这是他们自己的选择，当生命结束的时候，他们也许会恍然发觉，世界只是一个茧，而自己未曾真正地生活过。

疲倦

疲倦是现代人越来越常见的一种生存状态，在我们的周围，随便看一眼吧，有多少垂头丧气的儿童，萎靡不振的青年，疲惫已极的中年，落落寡合的老年……人们广泛而漠然地疲倦了。很多人已见怪不怪，以为疲倦是正常的了。

有一次，我把一条旧呢裤送到街上的洗染店。师傅看了以后，说，我会尽力洗熨的。但是，你的裤子，这一回穿得太久了，恐怕膝盖前面的鼓包是没法熨平了。它疲倦了。

我吃惊地说，裤子——它居然也会疲倦？

师傅说，是啊。不但呢子会疲倦，羊绒衫也会疲倦的，所以，穿过几天之后，你要脱下晾晾它，让毛衫有一个喘气的机会。皮鞋也会疲倦的，你要几双倒换着上脚，这样才可延长皮子的寿命……

我半信半疑，心想，莫不是该师傅太热爱他所从事的工作了，才这般体恤手下无生命的衣料？

又一次，我在一家工厂，看到一种特别的合金，如同谄媚的叛臣，能折弯无数次，韧度不减。我说，天下无双了。总工程师摇摇头道，它有一个强大的对手。

我好奇，谁？

总工程师说，就是它自己的疲劳。

我讶然，金属也会疲劳啊？

总工程师说，是啊。这种内伤，除了预防，无药可医。如果不在它的疲劳限度之前让它休息，那么，它会突然断裂，引发灾难。

那一瞬，我知道了疲倦的厉害。钢打铁铸的金属尚且如此，遑论肉胎凡身？

疲倦发生的时候，如同一种会流淌的灰暗，在皮肤表面蔓延，使人整个地困顿和蜷缩起来。如果不加克服和调整，黏滞的不适，便如寒露一般，侵袭到身体的底层。我们了无热情，心灰意懒。我们不再关注春天何时萌动，秋天何时飘零。我们迷茫地看着孩子的微笑，不知道他们为何快乐。我们不爱惜自己了，觉察不到自己的珍贵。我们不热爱他人了，因为他人是使我们厌烦的源头。我们麻木困惑，每天的太阳都是旧的。阳光已不再播撒温暖，只是射出逼人的光线。我们得过且过地敷衍着工作，因为它已不是创造性思维的动力。

疲倦是一种淡淡的腐蚀剂，当它无色无臭地积聚着，潜移默化地浸泡着我们的神经，意志的酥软就发生了。

在身体疲倦的背后，是精神率先疲倦了。我们丧失了好奇心，不再如饥似渴地求知，生活纳入尘封的模式。甚至婚姻也会疲倦。它刻板地重复着，没有新意，没有发展。爱情的弹性老化了，像一只很久没有充气的球，表皮皴裂，塌陷着，摔到地上，噗噗地发出充满怨恨的声音，却再不会轻盈地跳起，奔跑着向前。

疲倦到了极点的时候，人会完全感觉不到生命和生活的乐趣，所有的感官都在感受苦难，于是它们就保护性地不约而同地封闭了。我们便被闭锁在一个狭小的茧里，呼吸窘迫，四肢蜷曲，渐渐逼近窒息了。

疲倦的可怕，还在于它的传染性。一个人疲倦了，他就变成一炷迷香，在人群中持久地散布着疲倦的细微颗粒。他低落地徘徊着，拖延着整体的步伐。当我们的周围生活着一个疲倦的人，就像有一个饿着肚子的人，无声地要求着我们把自己精神的谷粒，拨一些到他的空碗中。不过，如果我们这样做了之后，才发觉不但没有使他振作起来，自身也莫名其妙地被削弱了。

身体的疲倦，转而加剧着精神的苦闷。

变更太频繁了，信息太繁复了，刺激太猛烈了，扰动太浩大了，强度太凶，频率太高……即使是喜悦和财富吧，如果没有清醒的节制，铺天盖地而来，也会使我们在震惊之后深刻地疲倦了。

当疲倦发生的时候，我们怎么办呢？

看看大自然如何应对疲倦吧。春天的花开得疲倦的时候，它们就悄然地撤离枝头，放弃了美丽，留下了小小的果实；当风疲倦的时候，它就停止了荡涤，让大地恢复平静；当海浪疲倦的时候，洋面就丝绸般地安宁了；当天空疲倦的时候，它就用月亮替换太阳……

人类没有自然界高明。不信，你看，当道路疲倦的时候，就塞车；当办公室疲倦的时候，就推诿和没有效率；当组织者疲倦的时候，就出现混乱和不公；当社会出现疲倦的时候，就冷漠和麻木……

疲倦对我们的伤害，需要平心静气地休养生息。让目光重新敏锐，让步伐恢复轻捷，让天性生长快乐，让手足温暖有力。耳朵能够捕捉到蜻蜓的呼吸，发梢能够感受到阳光的抚摸，微笑能如鲜橙般耀眼，眼泪能如菩提般仁慈……

疲倦是可以战胜的，法宝就是珍爱我们自己。疲倦是可以化险为夷的，战术就是宁静致远。疲倦考验着我们，折磨着我们；疲倦也锤炼着我们，升华着我们。

紧张

一个有趣的游戏。两人一组，其中一人会拿到一些纸条，上面写着字——都是人们常有的一些情绪，比如高兴、漠不关心、嫉妒、疲倦已极……

拿到纸条的人，要按照纸条上的指示，做出相应的表情和行动，让另外的那个人猜。

例如，甲人看了看手中纸条上的字迹，沉思片刻后开始表演。先是豹眼圆睁，辅以一个箭步上前，右手揪住假想中的某人的脖领，同时挥出弧度漂亮的左勾拳，击中那人的腮帮……

乙人在目睹了甲人的表情和行动以后，也沉思片刻，然后大声说出他解读出的对方的情绪——“愤怒”。

甲人颔首道，基本正确。不过，我手中的纸条上写的是——“狂怒”。

乙人说，嗨！如果是“狂”，你的这个表达等级，味道尚欠浓烈。倘若换我，一般的愤怒，就已达到这个档次。真到了狂怒阶段，还要加上怒发冲冠拳打脚踢暴跳如雷虎啸龙吟……

这个小游戏，说明人和人之间，并不是很容易沟通的。人们通常按照自己表达情绪的方式，来理解他人。但人和人之间，仍是可以沟通的，需要语言的帮助和长久的磨合，程度差异很大。可以一叶知秋，也可落英缤纷。

我很喜欢玩这个游戏，可以更深刻地感知他人的内心，察觉人群的异同。正是这种无休无止的差异，造成了人的丰富多彩和无数悲欢离合。

某次，我遇到了一位有趣的合作者。他是一位老板。

拿了字条开始表演：目光炯炯，眉头紧皱，身板僵直，双手攥拳……

我绕着他走了三圈，思索不出他这番表演的内涵，求助道，你能不能示意得再明确些？

他是个好商量的人。思忖片刻后，加上了一个表情——嘴角紧抿……

我还是百思不得其解，只得求饶道：猜不出猜不出。我投降，快告诉我底牌吧。

他把纸条伸给我，上面写着——“焦虑”。

想想，也有道理。某些人焦虑的时候，就是这副沉闷苦恼的模样。

第二轮测验开始。他看了一眼手中新的纸条，开始表演：目光炯炯，眉头紧皱，身板僵直，双手攥拳……

我丧气地说，不行，再具体些。

他就又加了一个表情——嘴角紧抿……

天啊，我一筹莫展，甚至想，这一堆测验的纸条里，不会有两张“焦虑”吧？

我说，完了，我弱智了。请你告诉我吧。

他把手心摊开，我看到了谜底——“沮丧”。

沮丧是这个样子的吗？我不服气地说，你的表演有问题，沮丧的时候，目光通常是低垂的。

但是，我沮丧的时候，就是如此，聚精会神地。他很诚恳地说。

我只得服输。是啊，你不能否认有些人虽败犹荣，屡败屡战，永远目光如炬。

再一次轮到他表演的时候，我格外地当心。看到他拿了纸条，踌躇了一下，然后胸有成竹地开始演示。

目光炯炯，眉头紧皱，身板僵直，双手攥拳……

看到我茫然愁苦的模样，他善解人意地加上了一个补充动作——紧抿嘴角……

我极快地调侃道，干脆杀了我，我无法破译你的密码。

轮到他吃惊了，说，我有那么神秘吗？其实，这一次，我表达的是一种很平和的情绪——安静！

我几乎昏了过去，说，您的大驾尊容，居然能称得上是安静？我想，当你自以为安静的时候，周边的人，绝不敢打扰你。

说者无心，听者有意。他静默了片刻，一拍大腿说，喔，你这样一讲，我就明白了，为什么我以为自己很慈祥的时候，大家依然说我严厉……

那是一次令人难忘的游戏，它的结尾有些苦涩的味道。因为我的这位朋友，无论他拿到写着怎样字迹的纸条，他的表情都像一个模子里抠出来的。目光炯炯……嘴角紧抿……甚至当“爱情”出现的时候，他也如此刻板和冷峻。

我问他，你成家了吗？

他说，成了。但是，又散了。

我说，还打算成吗？

他说，暂时没有打算。

我说，没有了好。

他说，您为什么这样说？

我说，我的意思是，你若不把表情修改一下，即使有了女朋友，她也会莫名其妙地走开。

他说，我一个当老板的，哪能事事都流露在面上，让人看个透明？我这是深沉。

我说，表情的僵化和不动声色，并不能画等号。对家人和对谈判对手，哪能一样？周恩来可算是大家，他的表情就丰富得很，并非整天板着阶级斗争脸。我们常常羡慕外国的老板当得潇洒，其中重要的一条就是——他们真实。当怒则怒，当喜则喜。况且，老板也是人，也有七情六欲。事业做得好，人也要活得自然、自在。

后来，我和这位老板进行了比较深入的谈话，才明白在他那千篇一律的面具之后，准确地说，既不是焦虑，也不是沮丧，当然更不是安静，而是——紧张。

紧张，是现代人逃脱不掉的伴侣。

紧张的时候，我们的心跳加快，瞳孔睁大，呼吸急促，血流湍急……我们的思索急迫而深刻，我们的行动敏捷而有力。

“紧张”这个词，很多年以前，被写进一所著名大学的校训。我想，那时它一定是有的放矢，有着历史的必然和辉煌的功绩。

时代在发展，如今，当我们不再从战火和铁血的角度看待紧张的时候，紧张就有了更多探讨的意义。

短时间的紧张，很好，会使我们焕发出非凡的爆发力。不过，世界上的事情，一蹴而就的，肯定有，但终是有限。大量的成功，孕育在日积月累的跋涉中。紧张是100米短跑，成长则是马拉松比赛。长久的紧张，如同长久的鞭策一样，是不能维持的。它会导致反应的迟钝。紧张可以应对一时，紧张却无法达致永恒。

紧张是一种无休止的激动，是一种没有间歇的高亢，是一种针插不进水泼不进的致密，是一种应急和应激的全力以赴。

你见过没有起落的江河吗？你听过没有顿挫的乐曲吗？你爬过没有沟崖的山峦吗？你走过没有悲喜的人生吗？

紧张是面具。紧张的下面，潜伏着怎样的暗流？换句话说，什么导致我们长久僵硬的紧张？

紧张的人，思维是直线而不是发散的，因为他的注意力太集中了，心就无旁骛。当我们的视野中只有一个目标的时候，它是收束和狭窄的。（不是指远大的唯一的目标，是指运筹帷幄的策略。）我们的显意识之下，是辽阔的潜意识。当紧张的时候，理智和经验就占据了上风，而人类在长久的进化中所积累的本体感觉，被抑制和忽略了。所以，紧张的人，很容易累。因为他是在用5%的能力，负载着100%，甚至更高的压力，怎么能集思广益化险为夷呢？

紧张的人，其实不是安全的。他处于风声鹤唳之中，对自己的位置和处境，有深深的忧虑。他大张着自己所有的感官……眼睛瞪着，耳朵开放，手脚绷紧，呼吸也是浅而快的……他的全身就像一架打开的雷达，侦察着周围的一草一木。

他因袭着以往的重担，关注着周围的一举一动，他无法平和地看待他人和看待自己。紧张的人，睡眠通常不良。因为在睡梦中，他也不由自主地睁着半只眼睛。

打个比喻。什么动物最易于紧张呢？通常一下子就想起老鼠兔子麻雀之类的，大都是弱小的谨慎的没有强大的防御能力的生灵。如果是老虎狮子大象甚至蟒蛇，我们想起它们的时候，可能觉得它们或懒洋洋或佯装安宁，但我们不会浮现出它们是紧张的这样一个印象。在突袭猎物的时候，它们快则快矣，狠则狠矣，你可以痛恨它，但它依然是从容和大智若愚的。它们不紧张。

再举南极洲的企鹅为例，这些穿西服的鸟们，似乎没有伶牙俐齿可供攻伐猎物与保障自身，胖墩墩的战斗力也不强，但是，它们毫无疑义地不紧张。这次，不是来自它们自身的强大，而是没有人类的迫害和袭扰，它们尚不知紧张为何物。

所以，紧张不是强大，而是懦弱的一件涂着迷彩的旧风衣。

紧张往往使我们看问题的角度趋向负面。因为不安全，所以，防御感强。假如判断不清的时候，首先断定对方是有敌意和杀伤力的，考虑自己怎样防卫规避怎样逃脱……紧张会使我们误会了朋友的友谊，曲解了爱情的试探，加深了创伤的痛楚，减缓了复原的时机。在紧张的时刻，决定往往是短期和激烈的。

紧张的时候，我们无法清晰地聆听到他人真实的声音。我们自身澎湃的血流，主导了我们的听觉。我们看到的可能并非真实的世界，因为自身的目光已经有了某种先入的景象。我们无法虚怀若谷地接纳他人的意见，因为自己的念头依然盘踞在心。我们难以深刻地反省局限，因为注意力全然集中对外，内心演出了一场空城计……紧张就是如同凹凸镜一般，变形了真实的世界，让我们进入高度的备战状态。

紧张的人，是很难和别人和睦相处的。紧张的人，通常落落寡合慎言忧郁。紧张的人，孤独寂寞。他们可以置身于灯红酒绿车水马龙当中，好似应者云集，但他们的心，多疑多虑，挛缩成一块石头。

人们很推崇的一个词——大将风度，我以为其中极重要的组成部分，就是不紧张。每一行真正的高手，几乎都是举重若轻温柔淡定的。草船借箭诸葛空城，功夫在诗外。无论形势多么危急，他们成竹在胸。无论己方多么孤立，他们胜券在握。哪怕局面间不容发，他们眼观六路，耳听八方。

大将不紧张。

药是一把斧

药是一把斧。斧正这个词，就像贴身的衣服一样适用在药身上。所谓斧正，就是用斧子把鼻子上的白灰砍掉，却要保留鼻子的完整。把药用到这个份儿上，也是挺难的事。病人就像一个美人，药多一分嫌长，少一分嫌短，当大夫的手艺就显出来了。

不论多么千奇百怪的药，不是属矛的就是属盾的。作用无非两种：杀灭病害，保养自身。人与疾病的斗争，是一场冷兵器的搏斗。医生不可能钻进病人的身体里去帮助厮杀，只有借助药力。药是医生手指的延长。

那些攻伐性质的药物，像小型的炮弹，炸毁病疽，就得用得准，用得狠。太弱的火力，姑息了恶处。太强的爆破，又恐造成过大的废墟。

那些纯是护卫病人的药就相当于盾了。医生把它注入病人体内，就像把一匹柔软的绸缎铺在那些需要保护的脏器上。珍贵的瓷器只有在层层叠叠的包裹下，才不会在突然的打击下破碎。

药多是苦的，所以说良药苦口利于病。世上甜的东西太少，只有蜜糖这一个家族。苦却是有许多种，苦咸、苦涩、苦辣……人们常用甜来比拟幸福，用苦来形容不幸。但药的苦和不幸又有大不同。有病是人生一劫，药是用来帮你的。助你的并不一定一开始就使你舒适，甚至会在短时内加剧你的苦难。比如化疗的药物，对人的伤害实在惨烈。但人们勇敢地接受了它，因为它在严峻的面孔后面帮助我们战胜最凶恶的癌症。

为了制服药的苦，人们开始在药里掺糖。但这几乎是没有用的，因为苦的效力比甜要大得多。只要一点点的苦就可以抵得过许许多多的甜。人为什么容易记住苦难呢？我想这一定和人的生理构造有关。人习惯于身体的安宁，并不觉得它是珍贵的礼物。一旦丢失了，就刻骨铭心地怀念健康。长久的怀念，是一种标准的痛苦状态。对于病人，怀念实在是该杜绝的思绪。让我们在药的帮助下重新开始。

有一年闹假药，有的人还为假药鸣不平，说那其实是不害人的，不过是些红糖粉，甜丝丝的，吃不死人。红糖粉自然是没罪的，但用它充了药，罪过就大了。药是给人治病的，用一种根本不治病的东西来假冒，不是欺瞒生命吗！报载乡村的医生为了省钱，买了伪劣的假药，结果自家的小孙孙命丧黄泉。这就是药对人的惩罚。

从此，我吃到太甜的药，总疑心是假的。

然而药的苦，也总使人耿耿于怀。于是发明了把药裹在糖衣里的战术。倘若病得不很重时，我还是挺喜欢吃那些花花绿绿的药片的。它们像五彩的糖豆，使人在病痛的朦胧中回到童年。

我还是更喜欢白白净净本本分分的普通药片，觉得它们像清纯的女孩。现在药的包装是越来越华丽了，有的精致如金属的工艺品。我想，药还是朴素为好，再没有什么比药更需注重内在的质量而不必在意装潢的豪华。面对那些炫人眼目的药品盒，我总想它不是给真正的病人预备的，而是礼品的一种。

人在垂危时，会把所有的希望都寄托在药身上，好像生命的精髓都储存在形形色色的药罐里了。药有的时候有用，有的时候无用。有用的时候，人们就感谢药。无用的时候，人们就咒骂药。其实药只是外力，只能帮人的忙，却不能代替人的生命。当死亡张开它黑色的斗篷的时候，药只不过是一把迷惑它眼睛的沙。

药里有一族，叫作秘方。就像人里面的隐士，平日藏在深山老林，偶尔才露峥嵘。我坚信里面有珍宝，把许多动植物搅在一起，有时会出现神奇的效果。但里面也有莫名其妙的方子。“文革”时，我在一本厚厚的书里看到一则治感冒的秘方，是取自己尿湿的被子一条，罩在头顶，在阳光下曝晒。晒到被子干，感冒就好了。我当时瞠目结舌，现在更觉得不可思议。那也许只是人们一个恶意的玩笑吧。

医药医药，说到底，还是医在先药在后。单有医而无药，像是一把有柄无锋的剑。当医生的坐而论道，侃侃而谈，可以叫你病得清楚，死得明白。至于能否还你一个健康，就要看各人的造化了。要是有药无医，便是盲人瞎马锦衣夜行，更有夜半临深渊的危险。我对现在电视里地毯式轰炸的药品广告颇不敢赞同。医学毕竟是一门专门的学问，国外的医生都拿高薪，就说明不是随便哪个人就能当得了的。好在我们广告里的药多温和多滋补，多吃点儿少吃点儿估计问题不大。

人类生存了多少年，药就跟随了我们多少年。如今全世界都在研究治疗艾滋病和癌症的药，药是人类延续自身最忠实的伙伴。

珍惜愤怒

小时候看电影，虎门销烟的英雄林则徐在官邸里贴一条幅——“制怒”。由此知道怒是一种凶恶而丑陋的东西，需要时时去制服它。

长大后当了医生，更视怒为健康的大敌。师传我，我授人。怒而伤肝，怒较之烟酒对人为害更烈。人怒时，可使心跳加快，血压升高，瞳孔散大，汗毛竖紧……一如人们猝然间遇到老虎时的反应。

怒与长寿，好像是一架跷跷板的两端，非此即彼。

人们渴望强健，于是憎恶愤怒。

我愿以我生命的一部分为代价，换取永远珍惜愤怒的权利。

愤怒是人的正常情感之一，没有愤怒的人生，是一种残缺。当你的尊严被践踏，当你的信仰被玷污，当你的家园被侵占，当你的亲人被残害，你难道不滋生出火焰一样的愤怒吗？当你面对丑恶，面对污秽，面对人类品质中最阴暗的角落，面对黑夜里横行的鬼魅，你难道能压抑住喷薄而出的愤怒吗?!

愤怒是我们生活中的盐。当高度的物质文明像软绵绵的糖一样簇拥着我们的时候，现代人的意志像被泡酸了的牙一般软弱。小悲小喜缠绕着我们，我们便有了太多的忧郁。城市人的意志脱了钙，越来越少倒拔垂杨柳强硬似铁怒目金刚式的愤怒，越来越少见幽深似海水波不兴却蕴含极大张力的愤怒。

没有愤怒的生活是一种悲哀，犹如跳跃的麋鹿丧失了迅速奔跑的能力，犹如敏捷的灵猫被剪掉胡须。当人对一切都无动于衷，当人首先戒掉了愤怒，随后再戒掉属于正常人的所有情感之后，人就在活着的时候走向了永恒——那就是死亡。

我常常冷静地观察他人的愤怒，我常常无情地剖析自己的愤怒，愤怒给我最深切的感受是真实，它赤裸而新鲜，仿佛那颗勃然跳动的心脏。

喜可以伪装，愁可以伪装，快乐可以加以粉饰，孤独忧郁能够掺进水分，唯有愤怒是十足成色的赤金。它是石与铁撞击一瞬痛苦的火花，是以人的生命力为代价锻造出的双刃利剑。

喜更像是一种获得，一种他人的馈赠。愁则是一枚独自咀嚼的青橄榄，苦涩之外别有滋味。唯有愤怒，那是不计后果不顾代价无所顾忌的坦荡的付出。在你极度愤怒的刹那，犹如裂空而出横无际涯的闪电，赤裸裸地裸露了你最隐秘的内心。你想认识一个人，你就去看他的愤怒吧!

愤怒出诗人，愤怒也出统帅，出伟人，出大师，愤怒驱动我们平平常常的人做出辉煌的业绩。只要不丧失理智，愤怒便充满活力。

怒是制不服的，犹如那些最优秀的野马，迄今没有任何骑手可以驾驭它们。愤怒是人生情感之河奔泻而下的壮丽瀑布，愤怒是人生命运之曲抑扬起伏的高亢音符。

珍惜愤怒，保持愤怒吧，愤怒可以使我们年轻。纵使在愤怒中猝然倒下，也是一种生命的壮美。

谈『怕』

“怕”好像历来是个贬义词。怕什么？别怕！天不要怕，地不要怕……好像是人生的大境界。

其实人的一生总要怕点什么，这就是中国古代说的“相克”。金木水火土，都有所怕的东西。要是不相克，也就没有了相生，宇宙不就乱了套？

人小的时候，怕父母。俗话说衣食父母，我的理解就是衣食来自父母。要是父母火了，不给你吃，不给你穿，你就丧失了基本的生存条件，饥寒交迫地活不下去了，还谈什么别的？所以父母叫你上学你就得上学，叫你成绩好你就得努力。要是一个人从小对慈爱他的父母没有畏惧之心（不是害怕他们本人，而是怕惹他们生气），没有讨他们欢喜之心，那这个人长大了，多半要为不法之徒。

渐渐大起来，就怕老师，怕上级，怕官怕权……总之是怕比自己更有力量的人。我想，这不单是一种懦弱，而是弱小动物生存的本能。想我们人类的祖先，不过是些个猴子，虽说脑子还算得上机敏，体力实属一般。在漫长的动物排行榜上，只能列在中档靠下的位置。假若什么都不怕，早就被老虎狮子大蟒蛇饕餮了。所以，“怕”是一种集体无意识，怕是正常的，不怕却是需要锻炼的事。

怕是一件有理的事，每个人都生活在立体空间，上下左右都有掣肘。人上有人，天外有天，总有东西笼罩在你的脑瓜顶。你可以完全不考虑下情，也可以咬着牙不理睬左邻右舍，但你得“惧上”，否则你的位置就保不住了。所以那个无所不在、无所不能的领袖叫作“上帝”。

人须怕法，那是众人行事的准则。人还须怕天，那是自然界运行的规律。怕是一个大的框架，在这个范畴里，我们可以自由活动。假如突破了它的边缘，就成了无法无天之徒，那是人类的废品。

人有最终的一怕，就是死。因为死去的人都不曾回来告诉我们那边的情形，所以我们并不确切地知道死亡是怎样一回事，我们只是盲目地怕着，我们怕的实际是一种未知的状态。人们怕死，很大的一部分是怕痛。要说死其实一点也不痛，就像在沙滩上晒太阳，暖烘烘地就过去了，怕的人一定少得多。再有，怕也是怕比的，假如你活得苦不堪言，所有的感官都用来感受痛苦，在怕活和怕死之间，自然也两怕相权取其轻了。因此那极怕死之人，多是很富贵很安逸很猖獗很凌驾一切的显赫。不信你看历代的皇帝，都孜孜不倦地追寻长生不老的仙丹。

女人还有一怕，就是怕老。所以各色美容护肤的佳品层出不穷，种种秘不传人的方子被奉若神明。这一怕的核心是怕时间。世上有许多东西是可以对抗的，唯有时间你不可战胜。可怜女人的这个与生俱来的恐惧，注定无法消除。没有哪一种胭脂可以涂抹时间，女人只好永远地怕下去，除非你不在意衰老。

怕虽有理，却并非总是有利。怕的直接决策是躲，但躲不过的时候，就只有迎头而上。古人们所有教诲我们不要怕的语录，就发生在这一时刻。民不畏死，何以惧之？——将对最大的未知的恐惧置之度外，所有已知的苦难都不在话下，这个人的战斗力实不可低估。

但不怕死的人，也仍有一怕，那就是怕自己。死和你作对，只有一次。自己要和你作对，会有无数次的机会。胜利的时候，它会让你骄傲；失败的时候，它诱你气馁；贫困的时候，它指使你堕落；饱暖的时候，它敦促你放浪……自己的实质是欲望。欲望使我们勇敢，欲望也使我们迷失。

人生的发展，一是因了爱好，一是因了惧怕。前者，比如音乐，它并没有更实际的用途，而只是使我们愉悦。那些更实用的发明创造，基本上缘于“怕”。因为害怕冷，人们发明了衣服、房屋、火炉；因为害怕热，人们发明了扇子、草帽、空调器；因为害怕走路，人们发明了汽车、火车、飞机；因为害怕病痛，人们发明了中药西药X光B超；因为害怕地球的孤独，人们向茫茫宇宙进行探索；因为害怕自身的衰退，人们不断高扬精神的旗帜……害怕实在是人类文明进步的助产婆。今后谁知道因了害怕，人类还将诞育多少温馨的婴儿，人类还将补充多少伟大的发明！

我们每个人的心里，都有一个害怕的场。这个场，不要太大，那会使我们畏畏葸葸，就太委屈了自己的岁月。这个场，也不可太小，太小了就容易人在边缘，演出不该上演的节目。它须不大也不小，够我们驰骋如烟的想象，够我们度过无悔的人生。

让我倾听

我读心理学博士课程的时候，写作业时有一篇是研究“倾听”的。刚开始我想，这还不容易啊，人有两耳，只要不是先天失聪，落草就能听见动静。夜半时分，人睡着了，眼睛闭着，耳轮没有开关，一有月落乌啼，人就猛然惊醒，想不倾听都做不到。再者，我做内科医生多年，每天都要无数次地听病人倾倒满腔苦水，鼓膜都起茧子了。所以，倾听对我应不是问题。

查了资料，认真思考，才知差距多多。在“倾听”这门功课上，许多人不及格。如果谈话的人没有我们的学识高，我们就会虚与委蛇地听；如果谈话的人冗长烦琐，我们就会不客气地打断叙述；如果谈话的人言不及义，我们会明显地露出厌倦的神色；如果谈话的人缺少真知灼见，我们会讽刺挖苦，令他难堪……凡此种种，我都无数次地表演过，至今一想起来，无地自容。

世上的人，天然就掌握了倾听艺术的人，可说凤毛麟角。

不信，咱们来做一个试验。

你找一个好朋友，对他或她说，我现在同你讲我的心里话，你却不要认真听。你可以东张西望，你可以搔首弄姿，你也可以听音乐梳头发干一切你忽然想到的小事，你也可以顾左右而言他……总之，你什么都可以做，就是不必听我说。

当你的朋友决定配合你以后，这个游戏就可以开始了。你必须拣一件撕肝裂胆的痛事来说，越动感情越好，切不可潦草敷衍。

好了，你说吧……

我猜你说不了多长时间，最多三分钟，就会鸣金收兵，无论如何你也说不下去了。面对着一个对你的疾苦你的忧愁无动于衷的家伙，你再无兴趣敞开襟怀。不但你缄口了，而且你会感到沮丧和愤怒。你觉得这个朋友愧对你的信任，太不够朋友。你决定以后和他渐疏渐远，你甚至怀疑认识这个人是不是一个错误……

你会说，不认真听别人讲话，会有这样严重的后果吗？我可以很负责地告诉你，正是如此。有很多我们丧失的机遇，有若干阴差阳错的讯息，有不少失之交臂的朋友，甚至各奔东西的恋人，那绝缘的起因，都系我们不曾学会倾听。

好了，这个令人不愉快的游戏我们就做到这里。下面，我们来做一个令人愉快的活动。

还是你和你的朋友。这一次，是你的朋友向你诉说刻骨铭心的往事。请你身体前倾，请你目光和煦。你屏息关注着他的眼神，你随着他的情感冲浪而起伏。如果他高兴，你也报以会心的微笑；如果他悲哀，你便陪伴着垂下眼帘；如果他落泪了，你温柔地递上纸巾；如果他久久地沉默，你也和他缄口走过……

非常简单。当他说完了，游戏就结束了。你可以问问他，在你这样倾听他的过程中，他感到了什么？

我猜，你的朋友会告诉你，你给了他尊重，给了他关爱。给他的孤独以抚慰，给他的无望以曙光，给他的快乐加倍，给他的哀伤减半。你是他最好的朋友之一，他会记得和你一道度过的难忘时光。

这就是倾听的魔力。

倾听的“倾”字，我原以为就是表示身体向前斜着，用肢体语言表示关爱与注重。翻查字典，其实不然。或者说仅仅做这样的理解是不够全面的。倾听，就是“用尽力量去听”。这里的“倾”字，类乎倾巢出动，类乎倾箱倒箧，类乎倾国倾城，类乎倾盆大雨……总之殚精竭虑毫无保留。

可能有点夸张和矫枉过正，但倾听的重要性我以为必须提到相当的高度来认识，这是一个人心理是否健康的重要标志之一。人活在世上，说和听是两件要务。说，主要是表达自己的思想情感和意识，每一个说话的人都希望别人能够听到自己的声音。听，就是接收他人描述内心想法，以达到沟通和交流的目的。听和说像是鲲鹏的两只翅膀，必须协调展开，才能直上九万里。

现代生活飞速地发展，人的一辈子，再不是蜷缩在一个小村或小镇，而是纵横驰骋漂洋过海。所接触的人，不再是几十一百，很可能成千上万。要在相对短暂的时间内，让别人听懂了你的话，让你听懂了别人的话，并且在两颗头脑之间产生碰撞，这就变成了心灵的艺术。

现今鼓励青年展示才智的书很多，教你怎样展现自我优点，怎样在第一时间给人一个好印象，怎样通过匪夷所思的面试，怎样追逐一见钟情的异性……都有不少绝招。有人就觉得人际交往是一个充满了技术的领域，是可以靠掌握若干独门功夫就能翻云覆雨的领域。其实，享有好的人际关系，学会交流，听比说更重要。

从人的发展顺序来看，我们是先学着听。我之所以用了“学着”这个词，是指如果没有系统地学习，有的人可能终其一生，都没能学会如何“听”。他可以听到雪落的声音，可他感觉不到肃穆；他可以听到儿童的笑声，可他感受不到纯真；他可以听到旁人的哭泣，却体察不到他人的悲苦；他可以听到内心的呼唤，却不知怎样关爱灵魂。

从婴儿开始，我们就无意识地在听。听亲人的呼唤，听自然界的风雨，听远方的信息，听社会的约定俗成。这是一种模糊的天赋，是可以发扬光大也可以湮灭无闻的本能。有人练出了发达的听力，有人干脆闭目塞听。有很多描绘这种状态的词语，比如“充耳不闻”“置若罔闻”……对“闻”还有歧视性的偏见，比如，“百闻不如一见”。

听是需要学习的，它比“说”更重要。如果我们没有听到有关的信息，我们的“说”就是无的放矢。轻率的人，容易下车伊始就哇里哇啦地说，其实沉着安静地听，是人生的大境界。只有认真地听，你才能对周围有更确切的感知，才能对历史有更深刻的把握，才能把他人的智慧集于己身，才能拓展自己的眼界和胸怀。

读书是一种更广义的倾听。你借助文字，倾听已逝哲人的教诲；你借助翻译，得知远方异族的灵慧。

倾听使人生丰富多彩，你将不再囿于一己的狭隘贝壳，潜入浩瀚的深海；倾听使人谦虚，知道山外有山天外有天；倾听使人安宁，你知道了孤独和苦难并非只莅临你的屋檐；倾听使人警醒，你知道此时此刻有多少大脑飞速运转，有多少巧手翻飞不息。

倾听着是美丽的。你因此发现世界是如此五彩缤纷。倾听是幸福的一种表达，因为你从此不再孤单。

倾听是分层次的。某人在特定的时刻，讲了特定的话。只有当我们心静如水，才能听到他的话外之话。年轻人最易犯的毛病是——他明白所有倾听的要素，也懂得做出倾听的姿态，其实呢，他在想着自己待会儿要说的话。他关注的不是述说者，而是他自己。“佯听”是很容易露馅的，只要他一开口讲话，神游天外的破绽就败露了。两个面对面述说的人，其实是最危险的敌人。一切都被心灵记录在案。

倾听是老老实实的活儿，来不得半点虚假和做作。倾听是对真诚直截了当的考验。所以，如果你不想倾听，那不是罪过；如果你伪装倾听，就不单是虚伪，而且是愚蠢了。

当我深刻地明白了倾听的本质不是仅仅把它当成讨好的策略后，倾听就向我展示了它更加美丽的内涵，它无处不在，与你我息息相关。如果你谦虚，以万物为师长，你会听到松涛海啸雪落冰融，你会听到蚂蚁的微笑和枫叶的叹息。如果你平等待人，你的耐心就有了坚实的基础，你可以从述说者那里获得宝贵的馈赠。这就是温暖的信任和支撑。

年轻的朋友们，让我们学会倾听吧！当你能够沉静地坐下来，目光清澄地注视着对方，抛弃自己的傲慢和虚荣，微微前倾你的身姿，那么你就能听到心与心碰撞的清脆音响，宛若风铃。

轰毁你心中的魔床

魔鬼有张床。它守候在路边，把每一个过路的人，揪到它的魔床上。魔床的尺寸是现成的，路人的身体比魔床长，它就把那人的头或是脚锯下来；那人的个子矮小，魔鬼就把路人的脖子和肚子像拉面一样抻长……只有极少的人天生符合魔床的尺寸，不长不短地躺在魔床上，其余的人总要被魔鬼折磨，身心俱残。

一个女生向我诉说：我被甩了，心中苦痛万分。他是我的学长，曾每天都捧着我的脸说，你是天下最可爱的女孩。可说不爱就不爱了，做得那么绝，一去不回头。我是很理性的女孩。当他说我是天下最可爱的女孩的时候，我知道我姿色平平，担不起这份美誉，但我知道那是出自他真心。那些话像火，我的耳朵还在风中发烫，人却大变了。我久久追在他后面，不是要赖着他，只是希望他拿出响当当硬邦邦的说法，给我一个交代，也给他自己一个交代。

由于这个变故，我不再相信自己，也不相信他人。我怀疑我的智商，一定是自己的判断力出了问题。如此至亲至密，说翻脸就翻脸，让我还能信谁？

女生叫箫凉。箫凉说到这里，眼泪把围巾的颜色一片片变深。失恋的故事，我已听过成百上千，每一次，不敢丝毫等闲视之。我知道有殷红的血从她心中坠落。

我对箫凉说，这问题对你，已不单单是失恋，而是最基本的信念被动摇了，所以你沮丧、孤独、自卑，还有愤怒的莫名其妙……

箫凉说，对啊，他欠我太多的理由。

我说，人是追求理由的动物。其实，所有的理由都来自我们心底的魔床——那就是我们对一些问题的看法和观念。它潜移默化地时刻评价着我们的言行和世界万物。相符了，就皆大欢喜，以为正确合理；不相符，就郁郁寡欢怨天尤人。

这种魔床，有一个最通俗最简单的名字，就叫作“应该”。有的人心里摆得少些，有三个五个“应该”；有的人心里摆得多些，几十个上百个也说不准。如果能透视到他的内心，也许拥挤得像个卖床垫的家具城。

魔床上都刻着怎样的字呢？

箫凉的魔床上就写着“人应该是可爱的”。我知道很多女生特别喜欢这个“应该”。热恋中的情人，更是三句话不离“可爱”。这张魔床导致的直接后果，就是我们以为自己的存在价值，决定于他人的评价。如果别人觉得我们是可爱的，我们就欢欣鼓舞；如果什么人不爱我们了，就天地变色日月无光。很多失恋的青年，在这个问题上百思不得其解，苦苦搜索“先给个理由”。如果没有理由，你不能不爱我；如果你说的理由不能说服我，那么就只有一个理由，就是我已不再可爱，一定是我有了什么过错……很多失恋的男女青年，不是被失恋本身，而是被他们自己心底的魔床，锯得七零八落。残缺的自尊心在魔床之上火烧火燎，好像街头的羊肉串。

要说这张魔床的生产日期，实在是年代久远，也许生命有多少年，它就存在了多少年。最初着手制造这张魔床的人，也许正是我们的父母。当我们还是婴儿的时候，那样弱小，只能全然依赖亲人的抚育。如果父母不喜欢我们，不照料我们，在我们小小的心里，无法思索这复杂的变化，最简单的方式，我们就以为是自己的过错。必是我们不够可爱，才惹来了嫌弃和疏远。特别是大人们的口头禅：“你怎么这么不乖？如果你再这样，我就不喜欢你了……”凡此种种，都会在我们幼小的心底，留下深深的印记。那张可怕的魔床蓝图，就这样一笔笔地勾画出来了。

有人会说，啊，原来这“应该如何如何”的责任不在我，而在我的父母。其实，床是谁造的，这问题固然重要，但还不是最重要的。心理学家弗洛伊德说过，一个孩子，就是在最慈爱的父母那里长大，他的内心也会留有很多创伤（大意。原谅我一时没有找到原文，但意思绝对不错）。我们长大之后，要搜索自己的内心，看看它藏有多少张这样的魔床，然后亲手将它轰毁。

一位男青年说，我很用功，我的成绩很好，可是我不善辞令，人多的场合，一说话就脸红。我用了很大的力量克服，努力竞选学生会的部长，结果惨遭败北，我前景黑暗，这可不是个好兆头，看来我一生都会是个失败者。于是，他变得落落寡合，自贬自怜，头发很长了也不梳理，邋遢着独往独来的，好似一个旧时的落魄文人。大家觉得他很怪，更少有人搭理他了。

他内心的魔床就是：我应该是全能的。我不单要学习好，而且样样都要好。我每次都应该成功，否则就一蹶不振。挫折被放在这张魔床上翻身反复比量，自己把自己裁剪得七零八落。一次的失败就成了永远的颓势，局部的不完美就泛滥成了整体的否定。

一个不美丽的大学女生每天顾影自怜。上课不敢坐在阶梯教室的前排，心想，老师一定只愿看到“养眼”的女孩。有个男生向她表示好感，她想，我不美丽，他一定不是真心。如果我投入感情，肯定会被他欺骗，当作话柄流传。于是，她斩钉截铁地拒绝了他，以为这是决断和明智。找工作的时候，她的简历写得很好，每每被约见面试，但每一次都铩羽而归。她以为是自己的服饰不够新潮，化妆不够到位，省吃俭用买了高级白领套装外带昂贵的化妆品，可惜还是屡遭淘汰……她耷拉着脸，嘴边已经出现了在饱经沧桑失意女子的脸上才可看到的像小括弧般的竖形皱纹。

如果允许我们走进她枯燥的内心，我想，那里一定摆着一张逼仄的小床，床上写着："女孩应该倾国倾城，应该有白皙的皮肤，应该有挺秀的身躯，应该有玲珑的曲线，应该有精妙绝伦的五官……如果没有，她就注定得不到幸福，所有的努力都会白搭，就算碰巧有一个好的开头，也不会有好的结尾。如果有男生追求长相不漂亮的女孩，一定是个陷阱，背后必有狼子野心，切切不可上当……"

很容易推算，当一个人内心有了这样的暗示，她的面容是愁苦和畏惧的，她的举止是局促和紧张的，她的声音是怯懦和微弱的，她的眼神是低垂和飘忽的……她在情感和事业上成功的概率极低，到了手的幸福不敢接纳，尚未到手的机遇不敢追求，她的整个形象都散射着这样的信息——我不美丽，所以，我不配有好运气!

讲完了黯淡的故事，擦拭了委屈的泪水，我希望她能找到那张魔床，用通红的火把将它焚毁。

谁说不美丽的女子就没有幸福？谁说不美丽的女子就没有事业？谁说命运是个好色的登徒子？谁说天下的男子都是以貌取人的低能儿?

心中的魔床有大有小，有的甚至金光闪闪，颇有迷惑人的能量。我见过一家证券公司的老总，真是事业有成、高大英俊，名牌大学洋文凭，还有志同道合的妻子，活泼聪颖的孩子……一句话，简直人所有的他都有，可他寝食无安，内心的忧郁焦虑非凡人所能想象，不知是什么灼烤着他的内心。

我总觉得这一切不长久。人无远虑，必有近忧。水至清则无鱼，谦受益满招损。我今天赚钱，日后可能赔钱。妻子可能背叛，孩子可能出车祸。我也许会突患暴病，世界可能会地震火灾飓风，即使风调雨顺，也必会有人祸，比如“9 · 11”……我无法安心，恐惧追赶着我的脚后跟，惶恐将我包围。他眉头紧皱着说。

我说，你极度的不安全。你总在未雨绸缪，你总在防微杜渐。你觉得周围潜伏着很多危险，它们如同空气看不着摸不到，却无所不在无所不能。

他说，是啊。你说得不错。

我说，在你内心，可有一张魔床？

他说，什么魔床？我内心只有深不可测的恐惧。

我说，那张魔床上写着：人不应该有幸福，只应该有灾难。幸福是不真实的，只有灾难才是永恒的。人不应该只生活在今天，明天和将来才是最重要的。

他连连说，正是这样。今天的一切都不足信，唯有对将来的忧患才是真实的。

我说，每个人都有过去、现在和将来。对我们来讲，无论过去发生过什么，都已逝去。无论你对将来有多少设想，都还没有发生。我们活在当下。

由于幼年的遭遇，他是个缺乏安全感的人。惊惧射杀了他对于幸福的感知和欣赏。只有销毁了那魔床，他才能晒到金色的夕阳，听到妻儿的欢歌笑语，才能从容镇定地面对风云，即使风雨真的袭来，也依然轻裘缓带玉树临风。

说穿了，魔床并不可怕，当它不由分说就宰割着你的意志和行为之时，面对残缺，我们只有悲楚绝望。但当我们撕去了魔床上的铭文，打碎了那些陈腐的“应该”，魔力就在一瞬间倒塌。随着魔床的轰塌，代之以我们清新明朗的心态。

魔由心生。时时检点自己的心灵宝库，可以储藏勇气，可以储藏智慧，可以储藏经验和教训，可以储藏期望和安慰，只是不要储藏“应该”。

拒绝分裂

分裂是个可怕的词。一个国家分裂了，那就是战争；一个家庭分裂了，那就是离异；一个民族分裂了，那就是苦难；整体和局部分裂了，那就是残缺；原野分裂了，那就是地震；天空分裂了，那就是黑洞；目光分裂了，那是斜眼；思想和嘴巴分裂了，那是心口不一；人的性格分裂了，那就是精神病，俗称“疯子”。

早年我读医科的时候，见过某些精神病人发作时的惨烈景象，觉得“精神分裂症”这个词欠缺味道，还不够淋漓尽致入木三分。随着年龄的增长和阅历的丰富，这才知道“分裂”的厉害。

分裂在医学上有它特殊的定义，这里姑且不论。用通俗点的话说，就是在我们的心灵和身体里，存在着两个司令部。一个命令往东，另一个指示往西或是往南，也可能往北。如同十字路口有多组红绿灯在发号施令，诸车横冲直撞，大危机就随之出现了。

分裂耗竭我们的心理能量，使我们衰弱和混乱。有个小伙子，人很聪明敏感，表面上也很随和，从来不同别人发火。他个矮人黑，大家就给他起外号，雅的叫“白矮星”，简称“小白”；俗的叫“碌碡”，简称“老六”。由于他矮，很多同学见到他，就会不由自主地胡噜一下他的头发，叫一声“六儿”或是“小白”，他不恼，一概应承着，附送谦和的微笑，因而人缘很好。终于，有个外校的美丽女生，在一次校际联欢时，问过他的名字后，好奇地说，你并不姓白，大家为什么称你“小白”？这一次，他面部抽搐，再也无法微笑了。女生又问他是不是在家排行第六，他什么也没说，猛转身离开了人声鼎沸的会场。第二天早上，在校园的一角发现了他的尸体。人们非常震惊，百思不得其解，有人以为是谋杀。在他留下的日记里，述说着被人嘲弄的苦闷，他写道：为什么别人的快乐要建立在我的痛苦之上？每当别人胡噜我头顶的时候，我都恨不得把他的爪子剁下来。可是，我不能，那是犯罪。要逃脱这耻辱的一幕，我只有到另一个世界去了……

大家后悔啊！曾经摸过他头顶的同学，把手指攥得出血，当初以为是亲昵的小动作，不想却在同学的心里刻下如此深重的创伤，直到绞杀了他的生命。悔恨之余，大家也非常诧异他从来没有公开表示过自己的愤怒，哪怕是只有一次，很多人也会尊重他的感受，收回自己的轻率和随意。

这个同学表面上的豁达，内心的悲苦，就是一个典型的分裂状态。如果你不喜欢这类玩笑和戏耍，完全可以正面表达你的感受。我相信，绝大多数的人会郑重对待，改变做法。当然，可能部分人会恶作剧地坚持，但你如果强烈反抗，相信他们也要有所收敛。那些忍辱负重的微笑，如同错误的路标，让同学们百无禁忌，终致酿成惨剧。

如果你愤怒，你就呐喊；如果你哀伤，你就哭泣；如果你热爱，你就表达；如果你喜欢，你就追求。

如果你愤怒，却佯作宽容，那不但是分裂，而且是混淆原则；如果你哀伤，却佯作欢颜，那不但是分裂，而且是对自己的污损；如果你热爱，却反倒逃避，那不但是分裂，而且是丧失勇气；如果你喜欢，却装出厌烦，那不但是分裂，而且是懦弱和愚蠢……

所有的分裂都是要付出代价的。轻的是那稍纵即逝的机遇，一去不复返；重的就像刚才说到的那位朋友，押上了宝贵的生命。最漫长而隐蔽的损害，也许是你一生郁郁寡欢沉闷萧索，每一天都在迷惘中度过，却始终不知道这是为什么。

一位女生，与我谈起她的初恋。其实恋爱是一个古老的话题，地球上曾经生活过的几百亿人都曾遭逢。但每一个年轻人，都以为自己的挫败独一无二。女生说她来自一个小地方，为了表示自己的先锋和前卫，在男友的一再强求下，和他同居了。后来，男友有了新欢抛弃了她。极端的忧虑和愤恨之下，女生预备从化工商店买一瓶硫酸。

你要干什么？我说。

他取走了我最珍贵的东西，我要把他的脸变成蜂窝。该女生布满红丝的眼睛，有一种母豹的绝望。

我说，最珍贵的东西，怎么就弄丢了？

女生语塞了，说，我本不愿给的，怕他说我古板不开放，就……

我说，既然你要做一个先锋女性，据我所知，这样的女性对无爱的男友，通常并不选择毁容。

女生说，可我忍不了。

我说，这就是你矛盾的地方了。你既然无比珍爱某样东西，就要千万守好，深挖洞，广积粮，藏之深山。不要被花言巧语迷惑，假手他人保管。你骨子里是个传统的女孩，你需尊重自己的选择。如果真要找悲剧的源头，我觉得你和男友在价值观上有所不同。你在同居的时候崇尚“解放”，蔑视传统的规则；你在被遗弃的时候，又祭起了古老的道德。我在这里不做价值评判，只想指出你的分裂状态。你要毁他容颜，为一个不爱你的人，去触犯法律伤及生命，这又进入一个可怕的分裂状态了。人们认为恋爱只和激情有关，其实它和我们每个人的历史相连。爱情并不神秘，每个人背负着自己的世界观走向另一个人。

世上也许没有绝对的对和错，但有协调和混乱之分，有统一和分裂的区别。放眼看去，在我们周围，有多少不和谐不统一的情形，在蚕食着我们的环境和心灵。

我们的身体，埋藏着无数灵敏的窃听器，在日夜倾听着心灵的对话。如果你生性真诚，却要言不由衷地说假话，天长日久，情绪就会蒙上铁锈般的灰尘；如果你不喜欢一项工作，却为了金钱和物质埋首其中，你的腰会酸，你的胃会痛，你会了无生活的乐趣，变成一架长着眼睛的机器；如果你热爱大自然，却被幽闭在汽油和水泥构筑的城堡中，你会渐渐惆怅枯萎，被榨干了活泼的汁液，压缩成个标本；如果你没有相濡以沫的情感，与伴侣漠然相对，还要在人前做举案齐眉的恩爱夫妻状，那你会失眠会神经衰弱会得癌症……

这就是分裂的罪行。当你用分裂掩盖了真相，呈现出泡沫的虚假繁荣之时，你的心在暗中哭泣。被挤压的愁绪像燃烧的灰烬，无声地蔓延火蛇。将来的某一个瞬间，“嘭”地燃放烈焰，野火四处舔食，烧穿千疮百孔的内心。

分裂是一种双重标准。有人以为我们的心很大，可以容得下千山万水。不错，当我们目标坚定人格统一的时候，的确是这样。但当我们为自己设下了相左的方向，那相互抵消的劲道就会撕扯我们的心，让它皱缩成团，局促逼仄窒息难耐。

人是很奇怪的动物。如果你处在分裂的状态，你又要掩饰它，你就不由自主地虚伪。我听一位年轻的白领小姐说，她的主管无论在学识和人品上，都无法让她敬佩，可人在矮檐下，不得不低头。她怕主管发现了自己的腹诽，就格外地巴结讨好甚至谄媚，结果虽然如愿以偿加了薪，可她不快乐不开心。

我说，你可以只对她表示职务上工作上的服从和尊重，而不臧否她的人品。

白领小姐说，我怕她不喜欢我。

我说，那你喜欢她吗？

白领小姐很快回答，我永远不会喜欢她。

我说，其实，我们由于种种的原因，不喜欢某些人，·是完全正常的事情。不喜欢并不等于不能合作。如果你和你所不喜欢的上司，只保持单纯而正常的工作关系，这就是统一。但要强求如沐春风亲密无间，这就是分裂，它必然带来情绪的困扰和行动的无所适从。其结果，估计你的主管也不是个愚蠢女人，她会察觉出你的口是心非。

白领小姐苦笑说，她已经这样背后评价我了。

分裂的实质常常是不能自我接纳。我们压抑自己的真实感受，以为它是不正当不光彩的，我们用一种外在的标准修正自己的心境和行为，这其实是一种自我欺骗，委屈了自己也不能坦然对人。

有人说，找工作时，我想到这个单位，又想到那个机构，拿不定主意。要是能把两个单位的优点都集中到一起，就比较容易选择了。

有人说，找对象时，我想选定这个人，又想到那个人也不错，要是能把两个人的长处都放在一个人身上，那就很容易下定决心了。

当我们举棋不定的时候，通常就是一种分裂状态。你想把现实的一部分像积木一样拆下来，和另一部分现实组装起来，创造一个虚拟的世界。这是对真实一厢情愿的阉割。生活就是泥沙俱下，就是鲜花和荆棘并存。尊重生活的本来面目，接受一个完整统一的真实世界，由此决定自己矢志不渝的目标，也许是应对分裂的法宝之一。

何时才能外柔内刚？

在咨询室米黄色的沙发上，安坐着一位美丽的女性。她上身穿着宝蓝色的真丝绣花V领上衣，衣襟上一枚鹅黄水晶的水仙花状胸针熠熠发亮，下着一条乳白色的宽松长裤，犹如一种古典的恬静花香一般弥散出来。服饰反射着心灵的波光，我常常从来访者的衣着中就可窥到她内心的律动。但对这位女性，我着实有些摸不着头脑。她似乎是很能控制自己的情绪，安宁而胸有成竹，但眼神中有些很激烈的精神碎屑在闪烁。她为何而来?

你一定想不出我有什么问题。她轻轻地开了口。

我点点头。是的，我猜不出。心理医生是人不是神。我耐心地等待着她。我相信她来到我这儿，不是为了给我出个谜语来玩。

她看我不搭话，就接着说下去。我心理挺正常的，说真的，我周围的人有了思想问题都找我呢！大伙儿都说我是半个心理医生。我看过很多心理学的书，对自己也有了解。

她说到这儿，很注意地看着我。我点点头，表示相信她所说的一切。是的，我知道有很多这样的年轻人，他们渴望了解自己，也愿意帮助别人。但心理医生要经过严格的系统的训练，并非只是看书就可以达到水准的。

她接着说，我知道我基本上算是一个正常人，在某些人的眼中，我简直就是成功者。有一份薪水很高的工作，有一个爱我、我也爱他的老公，还有房子和车，基本上也算是快活的，可是，我不满足。我有一个问题——就是怎样才能做到外柔内刚？

我说，我看出你很苦恼，期望着改变。能把你的情况说得更详尽一些吗？有时，具体就是深入，细节就是症结。

宝蓝绸衣女子说，我读过很多时尚杂志，知道怎样颌首微笑怎样举手投足。你看我这举止打扮，是不是很淑女？

我说，是啊！

宝蓝绸衣女子说，可是这只是我的假象。在我的内心，涌动着激烈的怒火。我看到办公室内的尔虞我诈，先是极力地隐忍。我想，我要用自己的善良和大度感染大家，用自己的微笑消弭裂痕。刚开始我收到了一定的成效，大家都说我是办公室里的一缕春风。可惜时间长了，春风先是变成了秋风，后来干脆成了西北风。我再也保持不了淑女的风范，开业务会，我会因为不同意见而勃然大怒，对我看不惯的人和事猛烈攻击，有的时候还会把矛头直接指向我的顶头上司，甚至直接顶撞老板。出外办事也是一样，人家都以为我是一个弱女子，但没想到我一出口，就像上了膛的机关枪，横扫一气。如果我始终是这样也就罢了，干脆永远的怒目金刚也不失为一种风格。但是，每次发过脾气之后，我都会飞快地进入后悔的阶段，我仿佛被鬼魂附体，在那个特定的时辰就不是我了，而是另一个披着我的淑女之皮的人。我不喜欢她，可她又确确实实是我的一部分。

看得出这番叙述让她堕入了苦恼的渊薮，眼圈都红了。我递给她一张面巾纸，她把柔柔的纸平铺在脸上，并不像常人那般上下一通揩擦，而是很细致地在眼圈和面颊上按了按，怕毁了自己精致的妆容。待她恢复平静后，我说，那么你理想中的外柔内刚是怎样的呢？

宝蓝绸衣女子一下子活泼起来，说我给你讲个故事吧。那时我在国外，看到一家饭店冤枉了一位印度女子，明明道理在她这边，可饭店就是诬陷她偷拿了某个贵重的台灯，要罚她的款。大庭广众之下，众目睽睽的，非常尴尬。要是我，哼，必得据理力争，大吵大闹，逼他们拿出证据，否则绝不甘休。那位女子身着艳丽的纱裙，长发披肩，不温不火，在整个两个小时的征伐中，脸上始终挂着温婉的笑容，但是在原则问题上却是丝毫不让。面对咄咄逼人的饭店侍卫的围攻，她不急不恼，连语音的分贝都没有丝毫的提高，她不曾从自己的立场上退让一分，也没有一个小动作丧失了风范，头发丝的每一次拂动都合乎礼仪。

那种表面上水波不兴骨子里铮铮作响的风度，真是太有魅力啦！宝蓝绸衣女子的眼神充满了神往。

我说，我明白你的意思了，你很想具备这种收放自如的本领。该硬的时候坚如磐石，该软的时候绵若无骨。

她说，正是。我想了很多办法，真可谓机关算尽，可我还是做不到。最多只能做到外表看起来好像很镇静，其实内心躁动不安。

我说，当你有了什么不满意的时候，是不是很爱压抑着自己？宝蓝绸衣女子说，那当然了。什么叫老练，什么叫城府，指的就是这些啊。人小的时候天天盼着长大，长大的标准是什么？这不就是长大嘛！人小的时候，高兴啊懊恼啊，都写在脸上，这就是幼稚，是缺乏社会经验。当我们一天天成长起来，就学会了察言观色，学会了人前只说三分话，未可全抛一片心。风行社会的礼仪礼貌，更是把人包裹起来。我就是按照这个框子修炼的，可到了后来，我天天压抑着自己的真实情感，变成了一个面具。

我说，你说的这种苦恼我也深深地体验过。在阐述自己观点的时候，在和别人争辩的时候，当被领导误解的时候，当自己一番好意却被当成驴肝肺的时候，往往就火冒三丈，也顾不得平日克制而出的彬彬有礼了，也记不得保持风范了，一下子义愤填膺，嗓门也大了，脸也红了。

听我这么一说，宝蓝绸衣女子笑起来说，原来世上也有同病相怜的人，我一下子心里好过了许多。只是后来您改变了吗?

我说，我尝试着改变。情绪是一点一滴积累起来的，我不再认为隐藏自己真实的感受，是一项值得夸赞的本领。当然了，成人不能像小孩子那样，把所有的喜怒哀乐都写在脸上，但我们的真实感受是我们到底是一个怎样的人的组成部分。如果我们爱自己，承认自己是有价值的，我们就有勇气接纳自己的真实情感，而不是笼统地把它们隐藏起来。一个小孩子是不懂得掩饰自己的内心的，所以有个褒义词叫作“赤子之心”。当人渐渐长大，在社会化的过程中，学会了把一部分情感埋在心中。

在成长的同时，也不幸失去了和内心的接触。时间长了，有的人以为凡是表达情感就是软弱，要把情感隐蔽起来，这实在是人的一个悲剧。

我们的情感，很多时候是由我们的价值观和本能综合形成的，压抑情感就是压抑了我们心底的呼声。中国古人就知道，治水不能“堵”，只能疏导。对情绪也是一样，单纯的遮蔽只能让情绪在暗处像野火的灰烬一样，无声地蔓延，在一个意想不到的地方猛地蹿出凶猛的火苗。这个道理想通之后，我开始尊重自己的情绪，如果我发觉自己生气了，我不再单纯地否认自己的怒气，不再认为发怒是一件不体面的事情，也不再竭力用其他的事件分散自己的注意力。因为发自内心的愤怒在未被释放的情况下，是不会像露水一样无声无息地渗透到地下销声匿迹的，它们潜伏在我们心灵的一角，悄悄地发酵，膨胀着自己的体积，积攒着自己的压力，在某一个瞬间，就毫不留情地爆发出来。

如果我发觉自己生气了，就会很重视内心的感受，我会问自己，我为什么而生气？找到原因之后，我会认真地对待自己的情绪，找到疏导和释放的最好方法，再不让它们有长大的机会。举个小例子，有一段时间我一听到东北人说话的声音心中就烦，经常和东北人发生摩擦，不单在单位里，就是在公共汽车上或是商场里，也会和东北籍的乘客或是售货员争吵。终于有一天，我决定清扫自己这种恶劣的情绪。我挖开自己记忆的坟墓，抖出往事的尸骸。那还是我在西藏当兵的时候，一个东北人莫名其妙地把我骂了一顿，反驳的话就堵在我的喉咙口，但一想到自己是个小女兵，他是老兵，我该尊重和服从，吵架是很幼稚而不体面的表现，就硬憋着一言不发。那愤怒累积着，在几十年中变成了不可理喻的仇恨，后来竟到了只要听到东北口音就过敏反感，非要吵闹才可平息心中的阻塞，造成了很多不必要的误会。

我把我的故事对宝蓝绸衣女子讲完了，她说，哦，我有了一些启发。外柔内刚的柔只是表象，只是技术，单纯地学习淑女风范，可以解决一时，却不能保证永远。这种皮毛的技巧，弄巧成拙也许会使积聚内心的情绪无法宣泄，引起某种场合的失控。外柔需要内刚做基础，而内刚不是从天上掉下来的，要靠自我的不断探索。

我说你讲得真好，咱们都要继续修炼。当我们内心平和而坚定的时候，再有了一定表达的技巧，就可以外柔内刚了。

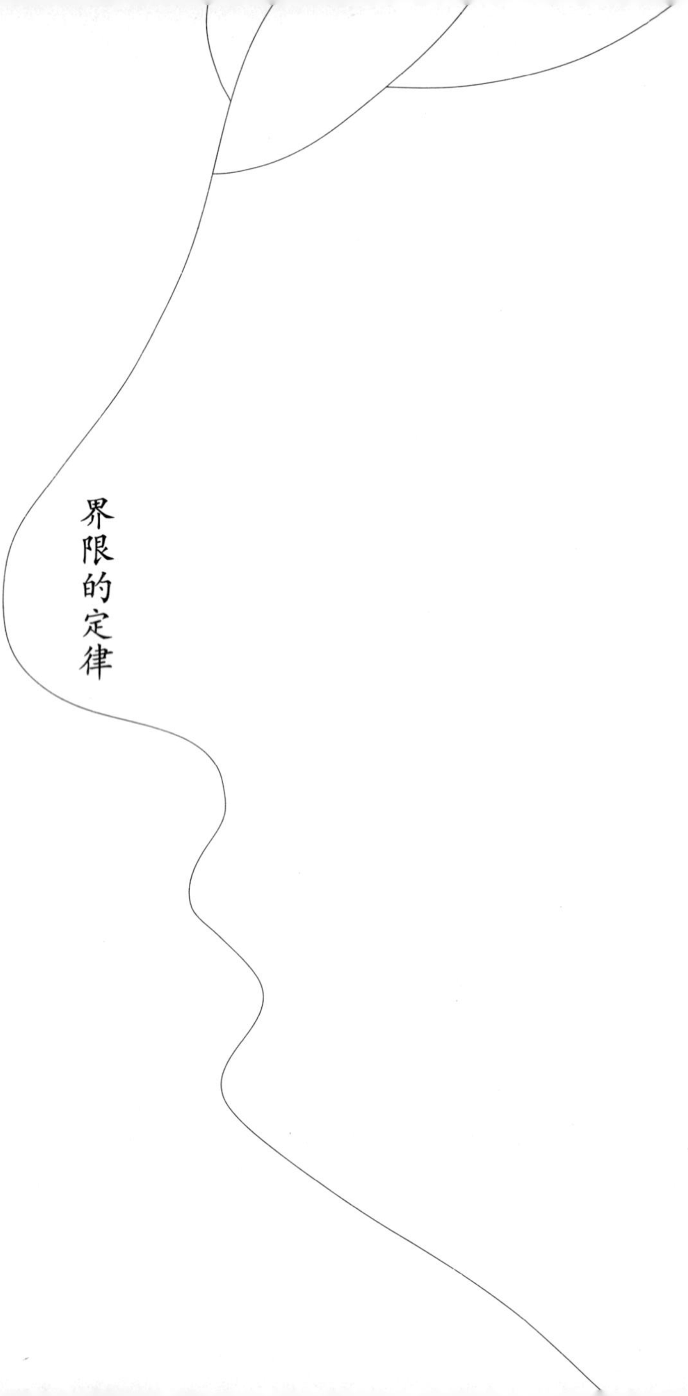

界限的定律

记得当年学医时，一天，药理教授讲起某种新抗菌药的机理，说它的作用是使细菌壁的代谢发生障碍，细菌因此凋亡。菌壁消失了，想想，多吓人的事情。好似兽皮没了，骨和肉融成一锅粥，破破烂烂黏黏糊糊，自身已不保，当然谈不到再妨害他人。可见，外壳，也就是界限，是非常重要的。如果丧失了界限，那么，这种生物的生存和发展也就处于极大的危机中了。

教授讲的是低等生物，高等生物又何尝不是如此？界限这种东西，是古老和神奇的。动物会用气味笼罩自己的势力范围，没有现成的界桩，就会用自己的尿标出领地。界限也是富有权威和统治力的。国与国之间如果界限不清，就孕育着战争；人与人之间如果界限不清，就潜藏着冲突。账目不清，是会计的犯罪；扯皮推诿，是官员的渎职。清晰的界限，象征着健康和尊严。什么叫一个新生命的诞生？就是从融合中分离，在混沌中撕裂出了一个完全独立的个体，建起崭新的界限体系。人与人的界限如果消失了，那么人的特立独行和思索也同时丧失，随之而来的是精神的麻木和思维的蒙昧。

外壳之外，是彼此间的距离。在欧美的礼仪书里，特别注明人与人之间最低的社交安全距离是17英寸。这个标准，也要入乡随俗。比如咱的公交汽车，正值上下班高峰，小伙的前心贴着姑娘的后背，别说17英寸，就连1.7英寸也保证不了。只有见怪不惊，理解万岁。可见界限这个东西，是有弹性的。

身体需要界限，心理何尝不是如此，特别是夫妻。无论何时，都不可消融了自我的界限。无论怎样情投意合，终是不同的个体，不可能完全一致。如果真是完全一致了，天天和一个镜子里的自我如影随形，岂不烦死？

界限有一个奇怪的定律——拉近的时候很容易，分开的时候很艰难。倘若你能灵活地把握一个度，在这个区域里，旗帜飞扬如鱼得水，那么，你和对方都是惬意和自由的。假如你轻率地采取了不断缩小距离的趋势，那么用不了多久，双方不可扼制地融为一体。之后，在短暂的极度的快意之后，无所不在的矛盾一定披着黑袍子，敲响门窗紧闭的爱情小屋。界限复活了，如同蔓草在各个角落疯长，分裂的纹路穿插迂回，顽强地伸直自己的触角。球队结束了休息，下半场比赛的口哨重新吹响。物极必反说的就是这个道理，不管你记不记得它，它可忘不了你。界限一旦残破了，恰似古代的丝裙，修补起来格外地困难，需极细的丝线、极好的耐心、极长的时间。

人是感伤和怀旧的动物。人们较能接受迅速拉近的距离，却无法忍耐在一度天衣无缝的密结之后，渐轻渐远。通常会痛楚狭隘地把这种分离，理解为爱恋的稀薄和情感的危机。所以，当你忘情地飞速消弭彼此界限的时候，已把易燃易爆的危险品，裹挟进了情感列车。

为你的心理定一个安全的界限吧，也许是1.7寸也许是2.7尺，人和人不一样，不必攀比。在这个界限里，睡着你的秘密，醒着你的自由。它的篱笆结实而疏朗，有清风徐徐穿过。在修筑你的界限的同时，也深刻地尊重你的伴侣的界限。两座花坛在太阳下开放着不同的花朵，花香在空气中汇为宽带。不要把土壤连在一起，不要一时兴起拔出你的界桩。甚至不要尝试，每一次尝试都会付出代价。不要以为零距离才是极致，它更像一个开放着罂粟的井口。如果你一时把持不住自己，想想药理教授的话吧。我猜你一定不愿你的婚姻成为一摊溶化的细菌。

假如我得了『非典』

那年，北京的春天没有沙尘，没有沙尘的空气里，弥漫着一个陌生的名词——“非典”。“非典”是微小的病毒，人的体积比它庞大亿万倍。一个病毒的分量较之一个人的体重，像是一滴水向整个太平洋宣战。然而，这滴邪恶而沸腾的水，在春天的早晨燃起恐怖的荒火。

假如我明天得了“非典”，我该如何？实在不愿这样设想，生怕轻声的诵念也会把那魔鬼引入家门。我逼迫自己认真筹划，既然有那么多人已悄然倒下，既然我不想在懵懂无备中浸入灾难。

假如我得了“非典”，我不会怨天尤人。人是一种生物，病毒也是一种生物。根据科学家考证，这一古老种系在地球上至少已经滋生了20亿年，而人类满打满算也只有区区百万年的历史。如果病毒国度有一位新闻发言人，我猜它会理直气壮地说，世界原本就是我们的辖地，人类不过是刚刚诞生的小弟。你们侵占了我们的地盘，比如热带雨林；你们围剿了我们的伙伴，比如天花和麻疹。想想看，大哥岂能束手待毙？你们大规模地改变了地球的生态，我们当然要反扑；你们破坏了物种之链，我们当然要报复。这次的“非典”和以前的艾滋病毒，都还只是我们派出的先头部队牛刀小试。等着吧，战斗未有穷期……人类和病毒的博弈，永无止息。如果我在这厮杀中被击中，那不是个人的过失，而是人类面临大困境的小证据。

假如我得了“非典”，我会遵从隔离的规定。尽管我一直坚定地主张人应该在亲人的环抱中离世，让死亡回归家庭，但面对大疫，为了我所挚爱的亲人，为了我的邻里和社区，我会独自登上呼啸的救护车，一如海员挥手离开港湾，驶向雾气笼罩的深洋。

假如我得了“非典”，即使在高烧中，即使在呼吸窘迫中，面对防疫人员，我也会驱动疲惫的大脑殚精竭虑，回顾我最近走过的所有场所，把和我面谈过的朋友的名单一一报出，祈请他们保持高度警惕。原谅我，这是此时此地我能向他们表达歉意和关爱的唯一方式。

假如我得了“非典”，我会接纳自己最初的恐惧。这毕竟是一种崭新的病毒变种，人类对它所知甚少，至今还没有特效的药物，战胜它的曙光还在阴霾中栖息。那个戴着荆棘冠冕的小家伙，凶残而强韧。但是，我不会长久沉溺于孤独的恐惧，因为它不是健康的朋友，而是衰朽的帮凶。我珍爱我的生命，当它遭遇重大威胁之时，我必将集结起每一分活力，狙击森冷的风暴。无数专家告诫，在病毒的大举攻伐中，机体的免疫力，是我们赤胆忠心的卫士。只有平稳坚强必胜的心理，才能让身体处于最良好的抗击姿态，才是战胜病毒的不二法门。我不会唉声叹气，那是鼓敌方士气灭自己威风的蠢举；我不会噤若寒蝉，既然此病有九成人员可以逃脱魔爪，我激励自己相信概率。

如果我的病情不断恶化，到了需要气管切开的时候，我衷心希望医护人员做好防护，千万不要为了争取那一分钟半分钟的时间而仓促操作，威胁自身安危。致命的感染常常在这时发生。如果因此推延了抢救，我无怨无悔。医生护士的身上承载着更多重托，他们的生命不仅仅属于自己。我即使逝去，也会为最终没有连累更多的人而略感宽慰。

假如我得了“非典”，我将偕书同行。一些名著百读不厌，一些忙碌中买下的册子至今未翻。我已将它们归拢到书架某层，像一小队待发的士兵。如果我赶赴医院，这些刀枪不入的朋友，将一道踏入病房。一本女法医的探案集，只看了多半，特地留下悬念，预备着万一昏迷了也会念念不忘。为了得知谁是真凶，我一定要坚持醒来。

假如我得了“非典”，离家时千万要带上手机和充电器。估摸病房里不一定有电话，病重气短时也走不到公共通话间。我平日不喜欢这如同蟋蟀一样无所不在的器具，自此却刮目相看。我会不断向亲朋报告讯息，直到我康复的那一天。如果我已无法回答，请相信我依然在用心灵祈祷大地平安。

假如我得了“非典”，我会积极配合医生护士的治疗，我知道他们已太累太乏。我努力做一个出色的病人，不论我活着还是我死去。

终于要说到死了。既然想到过一切，自然也想到了死。死于一场瘟疫，实在始料不及。但人生没有固定的脚本，大自然导演着多种可能性，以人必有一死的不变法则来看，这黑色幽默也不算太唐突。如果能对传染病学有所裨益，我同意解剖尸体；如果作为芸芸死者，没什么特殊价值，请留我完整化烟。缘于耿耿于怀的仇隙——凭什么我死了，那个肆虐的杀手还在实验室里养尊处优地繁衍？与之共焚，也算雪恨。

假如我得了“非典”，我会在踏入救护车的那一瞬，尽我最大的努力，操纵我凄迷的双眼和抽搐的嘴角，化作粲然的回眸一笑，向我的家人和小屋致谢，感激他们所给予我的无尽愉快和暖意。我必定还会回到这里，无论是在阳光下还是在睡梦中，无论是我康宁的身体还是我飞翔的灵魂……

常常爱惜

当拾起一穗遗落在秋天原野上的麦子时，我们心中会涌起一种情感……

当水龙头正酝酿着滴落一颗椭圆形的水珠，一只手紧紧拧住闸门时，我们心中会涌起一种情感……

当凝望宝石蓝的天空因为浓雾而浑浑噩噩时，我们心中会涌起一种情感……

当注视到一个正义的人无力捍卫自己的尊严，孤苦无助的时候，我们心中会涌起一种情感……

人类将这种痛而波动的感觉命名为——爱惜。

我们读这两个字的时候，通常要放低了声音，徐徐地从肺腑最柔软的孔腔吐出，怕惊碎了这薄而透明的温情。

爱惜的大前提，是爱。爱是人类一种最珍贵的体验，它发源于深刻的本能和绵绵的眷恋。爱先于任何其他情感，轻轻沁入婴儿小而玲珑的心灵。爱那给予生命的母亲，爱那清冷的空气和滑润的乳汁。爱温暖的太阳和柔和的抚爱，爱飞舞的光影和若隐若现的乐声……

爱惜的土壤是喜欢。当我们喜欢某种东西的时候，就期冀它的长久和广大，忧郁它的衰减和短暂。当我们对喜爱之物，怀有难以把握的忧虑时，吝啬是一个常会首选的对策。我们会节省珍贵的资源，我们会珍爱不可重复的时光，我们会制造机会以期重享愉悦，我们会细水长流反复咀嚼快乐。

于是，爱惜就在不知不觉中发生了。

当我们爱惜的时候，保护的勇气和奋斗的果敢也同时滋生。真爱，需用生命护卫。真爱，就会义无反顾。没有保护的爱惜，是一朵无蕊的鲜花，可以艳丽，却断无果实；没有爱惜的保护，是粗粝和逼人的威迫，是强权而不是心心相印。

爱惜常常发生。在我们不经意的时候，打湿眼帘。

爱惜好比一只竹篮。随着人类的进步，它越编越大了。盛着人自身，盛着绿色，盛着地球上所有的物种，盛着天空和海洋。

贵城被阉割的女人

写下这个题目，心中战栗。这不是我起的题目，是她自己——那个费城的女人对自己的命名。在那个秋天的午后，在费城雪亮的阳光下，我们都觉出彻骨的寒冷。

从华盛顿到纽约，中途停顿。从费城下火车，拖着沉重的行囊。我们（我和翻译安妮）要在这里拜会贺氏基金会的热娜女士，进行一场关于女性的谈话。计划书上这样写着：我们将同贺氏基金会的负责人热娜一同共进午餐，地点由她选定，费用AA制。

热娜是一位身材瘦小的白人女性，面容严峻。握手的时候，我感到她的手指有轻微的抖动，似在高度紧张中。她同我们一道抵达一座豪华的五星级饭店，闹得我也开始紧张。

我觉得美国人普遍受过训练，谙熟在察觉自我紧张之后的处理方式，那就是将它现形，直接点出紧张的原因，紧张也就不攻自破了。落座后，热娜挑明说，我有些紧张。通常，我是不接待新闻和外事人员的。只是因为你是从中国来的，我才参加这次的会面。基金会接到过来自世界各地妇女的咨询电话，每年约有一万次。但是，来自中国的，一次也没有，从来没有。

我说，当中国妇女了解了贺氏基金会的工作之后，你也许就会接到来自中国的电话了。

热娜开始娓娓而谈。

贺氏基金会主要是为可能切除子宫和卵巢的女性提供咨询。在基金会的资料库里，储存着最丰富最全面最新近的有关资料，需要的女性都可以免费获得。

据统计，全世界有9000万妇女被切除了子宫，其中的6000万被同时切除了卵巢。在美国，每年有60万妇女被切除子宫，其中的40万同时被切除了卵巢。卵巢和子宫，是女性最重要的性器官，它们不是不可以切除，但那要为了一个神圣的目的，就是保全生命的必需，迫不得已。身为将要接受这种极为严重的手术的女性，要清楚地知道将要发生在自己身上的是怎样一回事，它有哪些危险，不但包括暂时的，也要包括长远的。

但是，没有，没有人告诉女性这一切。有多少人是在模糊和混乱的情形下，被摘除了自己作为女性的特征。我个人的经历就是最好的说明。

我的经历对我个人是没有什么帮助了，但我要说，因为它对别的女性可能会有帮助。厄运是从18年前开始的。我在宾夕法尼亚大学心理系任助理研究员，同时还在上着学。那时我36岁，有三个孩子。每天很辛苦，早上5点半起床，送孩子到幼儿园里去，晚上10点半才能回到家。我的月经开始不正常，出血很多。我的好朋友为我介绍了一个医生，我去看他。他为我做了检查之后说，我的子宫里有一个囊肿，需要切除。我很害怕，连着看了五个不同的医生，他们都说需要切除。我记得最后一位是女医生，她说，你必须手术，你不能从我这里回家。因为你回家之后就可能会死，那样你就再也看不到你的孩子了。我说，做完手术之后，会怎么样呢？她说，你会感觉非常好的。我还是放不下心，就到图书馆去查资料，书上果然说得很乐观，说术后对人不会有什么影响。我相信了这些话，同意手术。

手术的前一天晚上，我的感觉不好，很不好——我的第六感官告诉我。我把不安对丈夫说了，他是一个律师，听了以后很不高兴，说你不要这样婆婆妈妈的，医生说你不做手术会死的。填手术申请表的时候，他说，这上面有一栏，必要的时候，除了子宫以外，可能会切除你的卵巢。我说，我不切。他说，可是我已经签了字了。我说，你换一张表吧，另签一次。这件事我记得非常清楚，那是犹太节的前一天。

后来，在手术中，没有征得我们的同意，医生就把我的子宫和卵巢都切除了。我是满怀希望地从手术中醒来的，但没想到，我整个地变了一个人。那种感觉非常可怕，没有词可以形容。我从医院回到家里，觉得自己的房子变得陌生，一切都和以前不一样了。我极力说服自己忽视和忘记这些不良的感觉，快乐起来，但是我的身体不服从我的意志。子宫不仅仅是一个生殖的器官，而且还分泌荷尔蒙。切除之后对女性身体的影响，大大地超过人们的想象。据统计，76%的女性切除子宫之后，不再出现性高潮，阴蒂不再接受刺激，阴道内也丧失了感觉。很多女性的性格发生了改变，变得退缩，不愿与外界打交道，逃避他人。如果你因此去看医生，医生总是对你说，这是心理上的问题，但我要用自己的经历说明，这不是心理上的，而是生理上的。

我的身体一天天差下去，做爱时完全没有感觉，先生就和我疏远了。我把自己的感觉告诉他，我说，我走路的时候，总是听到声响，我以为是背后有人，回头看看，没有人，可是那声音依然存在。后来我知道了，那声音是从我的盆腔里发出来的。可他不愿听。两个月后，我的情况越发严重起来。我的腿、膝关节、手腕、肘部……都开始痛，我连吃饭和打电话的力气都没有了，甚至看书的时候，没有力气翻动书页。我去看骨科医生，他说我的骨骼没有毛病。但是我的症状越来越重，医生们怀疑我得了某种不治之症，把我关进了隔离室。我连被子的重量都承受不了，医院就为我定制了专门的架子，放在床上，以承受被子的重量。

就这样煎熬着。医生们不知道我得的是什么病，但我非常痛苦。后来，我的丈夫和我离婚了。有一位实习医生说，他认识中国来的针灸大夫，或许能看我的病。我半信半疑地到中国城去了一趟，那里又脏又破，简陋极了。我是一个受西方教育的人，我很相信西医。我什么也没同针灸大夫说，转身就走了。

这样又过了两年，我的体重下降得很厉害，只有75磅，再不治，我马上就要死了。每天睁开眼，我就想，我还有什么活下去的理由呢？我想自杀。但我想到，一个孩子，他可能有第二个父亲，但他不会有第二个母亲。为了我的孩子，我要活下去。后来，我的朋友把我抬到针灸大夫那里。前几次，好像没有什么明显的疗效，但是从第四次起，我可以站起来了。到了第二个月，我的骨骼就可以承受一点重量了，我能戴手镯了。

每周两次针灸，这样治疗了九年后，我的身体渐渐恢复，我开始研究我所得的病，搜集资料，我的孩子也帮着我一起查找。这一次，我找到了我病的原因，这是子宫切除后的典型症状之一。此后的两年里，我一直钻在图书馆里，直到成了这方面的专家。

这时候，我遇到了一位同样切除了子宫的女性，她只有28岁，切除术后，也是感觉非常不好。她对我说，医生为什么没有告诉过我这一切？他们只说术后会更好，但真实的情况根本就不是那么一回事。她还说，在事先，我也问过一位同样做过这种手术的女友，我问她，是会比以前更好吗？她说，是的，是这样的。当我做完了手术，感觉很不好的时候，我再次问她，她说，她的感觉也很不好。我说，那你为什么不在事先告诉我实话呢？她说，她不愿说实话。她不愿独自遭受痛苦，她希望有更多的人和她有一样的遭遇。

这时我才发现，有这种经历的不仅仅是我一个人。在女人被切除子宫和卵巢之后，改变的不但是性，还有人性。我还见过一个女孩子，只有18岁，简直可以说是个儿童，也被切除了子宫。她热泪盈眶地说，为什么没有人告诉我这一切？她的母亲也曾做过子宫切除，但她的母亲也告诉她，做过之后会更好。在手术之后，她对母亲说，为什么连你也不告诉我真相？母亲说，没有人敢说我没有性别了，说我丧失性了。就算我是你的母亲，这也是难以启齿的事情。这是隐私，你不可能知道真相的。

我知道这不仅仅是我个人的事情了，这是众多的女性所面临的重大问题。我要尽我的力量让更多的人知道真相。我到电视台去宣讲我的主张，我的孩子和我离婚的丈夫都在看这个节目。我吓得要命，临进演播室的时候，我一口气吞下了两颗强力镇静剂。

我说，这个世界上有这么多被阉割的女人，有多少人是清楚地知道将要发生的一切，会给她们带来怎样深远的影响？医生不喜欢听“阉割”这个词，但事实的真相就是如此。我做研究，我喜欢用最准确最精当的词来描述状态。无论那状态有多么可怕。这些女人有权知道将要发生的事情。

我说，不要以为在这个过程中，女医生和过来人的话就可以听。女人伤害起女人来、背叛起女人来，也许比异性更甚。人性的幽暗在这里会更充分地暴露。

劝你做子宫摘除术的女医生会说，你还要你的子宫干什么？你已经有孩子了，它没有用了。在这种时候，女医生显示的是自己的权力。她只把子宫看成是一个没用的器官，而不是把它和你的整个人联系在一起。

在美国，摘除女人的子宫，是医院里一桩庞大的收益。每年，妇女要为此花费出80亿美金。这还不算术后长期的激素类用药的费用。可以说，在药厂的利润里，浸着女性子宫的鲜血。所以，医生与药厂合谋，让我们的空气中弥漫着一种谎言，他们不停地说，子宫是没有用的，切除它，什么都不影响，你会比以前更好。面对着这样的谎言，做过这一手术的女性，难以有力量说出真相，总以为自己是一个特例。她们只有人云亦云地说：很好，更好。于是谎言在更大的范畴内播散。

我并不是说子宫切除术和卵巢切除术就不能做了。我不是这个意思。我只是说，在做出这个对女性有重大影响的决定时，女性有权知道更多，知道全部。

那一天，我说了很多很多。我都说了。我不后悔，可是我说完之后，我在大街上走了许久许久，我不敢回家。后来是我的孩子们找到我，他们说，妈妈，你说得很好啊!

我成立了这个贺氏基金会，我这里有最新的全面的资料。当一个女性要进行子宫和卵巢手术的时候，可以打电话来咨询。这就是我现在的工作，完全是无偿的。我还组织全世界丧失子宫和卵巢的妇女来费城聚会，我们畅谈自己的感受。在普通的人群中，你也许会感到自卑，觉得和别的女人不一样，甚至觉得自己不再是女人了。但在我们的聚会里，你会看到这个世界里，和你一样命运的还有很多人，你就有了一种归属感，你会更深刻地感知人性。

热娜一直在说，安妮一直在翻译，我一直在记录。我们在费城只作短暂的停留，然后就要继续乘火车到纽约去了。各自的午餐都没有时间吃，冷冷地摆在那里，和我们的心境很是匹配。热娜送我们赶往火车站。分手的时候，她说，我说了很多的话，你几乎没有说什么话。可我能感受到你是一个善良的人，我现在很会感受人。从当年那个中国医生身上，我就知道中国有很多善良的人。

未雨绸缪的女人

有一个游戏，我做过多次。规则很简单，几十个人，先报数，让参加者对总人数有个概念（这点很重要）。找一块平坦的地面，请大家便步走，呈一盘散沙。在毫无戒备的情形下，我说，请立即每三人一组牵起手来！场上顷刻混乱起来，人们蜂拥成团，结成若干小圈子。人数正好的，紧紧地拉着手，生怕自己被甩出去。不够人数的，到处争抢。最倒霉的是那些匆忙中人数超标的小组，你看着我，我看着你，不知谁应该引咎退出……

因为总人数不是三的整倍数，最后总有一两个人被排斥在外，落落寡合手足无措地站着，如同孤雁。我宣布解散，大家重新无目的地走动。这一次，场上的气氛微妙紧张，我耐心等待大家放松警惕之后，宣布每四人结成一组。混乱更甚了，一切重演，最后又有几个人被抛在大队人马之外，孤寂地站着，心神不宁。我再次让大家散开。人们聚拢成堆，固执地不肯分离，甚至需要驱赶一番，然后我宣布每六个人结成一组……

这个游戏的关键，是在最后时分逐一地访问每次分组中落单的人，在被集体排斥的那一刻，是何感受？你并无过错，但你是否体验到了深深的失望和沮丧？引申开来，在你一生当中的某些时刻，你可有勇气坚信自己真理在手，能够忍受暂时的孤独？

我喜欢这个游戏，在普通的面团里面埋伏着一些有味道的果馅。表面是玩耍，让人思维松弛，如同浸泡在冒着气泡的矿泉中，奇妙的领会或许在某个瞬间发生。

我和很多人玩过这个游戏，年轻的、年老的……记忆最深刻的是同一些事业有成的杰出女性在一起。也是从三个人一组开始的，然后是四个人一组。当我正要发布第三次指令的时候，突然，场上的女人们涌动起来，围起了五个人一组的圈子……我惊奇地注视着她们，喃喃自语道：我说了让大家五人一组吗？她们面面相觑，许久的沉默之后回答——没有。我说，那为什么你们就行动起来了？听到了什么？想到了什么？

那一天，就这个问题，展开了激烈的讨论。大家说，我们是东方的女人，极端害怕被集体拒绝的滋味。看到了别人的孤独，将心比心，因此成了惊弓之鸟。既然前面的指令是三人、四人一组，推理下来就该是五人一组了。错把想象当成了既定的真实。现实的焦虑和预期的焦虑交织在一起，让我们风声鹤唳。我们是女人，更需要安全，于是就竭尽全力避让风险。至于风险的具体内容，有些是真切确实的，有些只是端倪和夸张。甚至很多人的爱情和婚姻，出发点也是逃避孤独。

后来，我问过一位西方的妇女研究者，可曾遇到过这种情形？她说——没有，在我们那里，没有出现过这种情景。也许，东方的女性特别爱未雨绸缪。我不知道这是表扬还是批评。大概，所有的优点发展到了极致，都有了沉思和反省的必要。

流露你的真表情

学医的时候，老师问过一道题目：人和动物，在解剖上的最大区别是什么？

当学生的，争先恐后地发言，都想由自己说出那个正确的答案，这看起来并不是个很难的问题。

有人说，是站立行走。先生说，不对。大猩猩也是可以站立的。

有人说，是懂得用火。先生不悦道，我问的是生理上的区别，并不是进化上的异同。

更有同学答，是劳动创造了人。先生说，你在社会学上也许可以得满分，但请听清我的问题。

满室寂然。

先生见我们混沌不悟，自答道，记住，是表情啊！地球上没有任何一种生物，有人类这样丰富的表情肌。比如笑吧，一只再聪明的狗，也是不会笑的。人类的近亲猴子，勉强算作会笑，但只能做出龇牙咧嘴一种状态。只有人类，才可以调动面部的所有肌群，调整出不同规格的笑容，比如微笑，比如嘲笑，比如冷笑，比如狂笑，以表达自身复杂的情感。

我在惊讶中记住了先生的话，以为是至理名言。

近些年来，我开始怀疑先生教了我一条谬误。

乘坐飞机，起飞之前，每次都有航空小姐为我们演示一遍空中遭遇紧急情形时，如何打开氧气面罩的操作。我乘坐飞机凡数十次，每一次都凝神细察，但从未看清过具体步骤。小姐满面笑容地屹立前舱，脸上很真诚，手上却很敷衍，好像在做一种太极功夫，点到为止，全然顾及不到这种急救措施对乘客是怎样地性命攸关。我分明看到了她们脸上悬挂的笑容和冷淡的心的分离，升起一种被愚弄的感觉。

我有一位相识许久的女友，原是个敢怒敢恨敢涕泪滂沱敢笑逐颜开的性情中人，几年不见，不知在哪里读了专为淑女规范言行的著作，同我谈话的时候，身子仄仄地欠着，双膝款款地屈着，嘴角勾勒成一个精致的角度。粗一看，你以为她时时在微笑；细一看，你就琢磨不透她的真表情，心里不禁有些毛起来。你若在背后叫她，她是不会立刻回了脸来看你，而是端端地将身体转了过来，从容地瞄着你。说是骤然地回头，会使脖子上的肌肤提前老起来。

她是那样吝啬地使用她的表情，虽然她给你一个温馨的外壳，却没有丝毫的热度溢出来。我看着她，不由得想起儿时戴的大头娃娃面具。

遇到过一位哭哭啼啼的饭店服务员，说她一切按店方的要求去办，不想却被客人责难。那客人匆忙之中丢失了公文包，要她帮助寻找。客人焦急地述说着，她耐心地倾听着，正思谋着如何帮忙，客人竟勃然大怒了，吼着说，我急得火烧眉毛，你竟然还在笑，你是在嘲笑我吗?

我那一刻绝没有笑。服务员指天咒地地对我说。

看她的眼神，我相信是真话。

那么，你当时做了怎样一个表情呢？我问。恍恍惚惚探到了一点头绪。

喏，我就是这样的……她侧过脸，把那刻的表情模拟给我。

那是一个职业女性训练有素的程式化的面庞，眉梢扬着，嘴角翘着……

无论我多么同情于她，我还是要说——这是一张空洞漠然的笑脸。

服务员的脸已经被长期的工作塑造成她自己也不能控制的形状，表情肌不再表达人类的感情了。或者说，它们只表达一种感情，这就是微笑。

我们的生活中曾经排斥微笑，关于那个时代，我们已经做了结论。于是我们呼吁微笑，引进微笑，培育微笑，微笑就泛滥起来。荧屏上著名和不著名的男女主持人无时无刻不在微笑，以至于使人不得不疑问——我们的生活中真有那么多值得微笑的事情吗？

微笑变得越来越商业化了。他对你微笑，并不表明他的善意，微笑只是金钱的等价物；他对你微笑，并不表明他的诚恳，微笑兴许只是恶战的前奏；他对你微笑，并不说明他想帮助你，微笑只是一种谋略；他对你微笑，并不证明他对你的友谊，微笑只是麻痹你警惕的一重帐幕……

这样的事，见得太多之后，竟对微笑的本质怀疑起来。

亿万年的进化，我们的身体本身就成了一本书。

人的眉毛为什么要如此飞扬，轻松地直抵鬓角？那是因为此刻为鏖战的间隙，我们不必紧皱眉头思考，精神会豁然舒展。

人的提上睑肌为什么要如此松弛，使眼裂缩小，眼神迷离，目光不再聚焦？那是因为面对朋友，可以放松警惕敞开心扉，懈怠自己紧张的神经，不必目光炯炯。

人的口角为什么上挑，不再抿成森然的一线？那是因为随时准备开启双唇，倾吐热情的话语，饮下甘甜的琼浆。

因为快乐和友情，从猿到人，演变出了美妙动人的微笑，这是人类无与伦比的财富。笑容像一个模型，把我们脸上的肌肉像羊群一般驯化了，让它们按照微笑的规则排列着，随时以备我们心情的调遣。

假若不是服从心情的安排，只是表情肌机械的动作，那无异噩梦中腿肚子的抽筋，除了遗留久久的酸痛，与快乐是毫无关联的。

记得小时候读过大文豪雨果的《笑面人》。一个苦孩子被施了刑法，脸被固定成狂笑的模样。他痛苦不堪，因为他的任何表情，都只能使脸上狂笑的表情更为惨烈。

无时无刻不在笑——这是一种刑法。它使“笑”——这种人类最美丽最优秀的表情，蜕化为一种酷刑。

现代自然是没有这种刑法了。但如果不表达自己的心愿，只是一味地微笑着，微笑像画皮一样黏附在我们的脸庞上，像破旧的门帘沉重地垂挂着，完全失掉了真诚善良的原始含义，那岂不是人类进化的大退步，大哀痛?

人类的表情肌，除了表达笑容，还用以表达愤怒、悲哀、思索、惆怅，甚至绝望。它就像天空中的七色彩虹，相辅相成。所有的表情都是完整的人生所必需的，是生命的元素。

我们既然具备了流泪的本能，哀伤的时候，就听凭那些满含盐分的浊水淌出体外。血管偾张，目眦俱裂，不论是为红颜还是为功名，未必不是人生的大境界。额头没有一丝皱纹的美人，只怕血管里流动的都是冰。表情是心情的档案啊，如果永远只是一页空白的笑容，谁还愿把最重要的记录留在上面?

当然，我绝不是主张人人横眉冷对。经过漫长的隧道，我们终于笑起来了，这是一个大进步。但笑也是分阶段，也是有层次的。空洞而浅薄的笑，如同盲目的恨和无缘无故的悲哀一样，都是情感的赝品。

有一句话叫作“笑比哭好”，我常常怀疑它的确切。笑和哭都是人类正常的情绪反应，谁能说黛玉临终时的笑比哭好呢?

痛则大悲，喜则大笑。只要是从心底流出的对世界的真情感，都是生命之壁的摩崖石刻，经得起岁月风雨的推敲，值得我们久久珍爱。

看着别人的眼睛

很小的时候，如果我有了过失，说了谎话，又不愿承认的时候，妈妈就会说：看着我的眼睛。如果我襟怀坦荡，我就敢看着她的眼睛，否则就只有羞愧地低头。

从此，我面对别人的时候，一定会看着他的眼睛。

当我失败的时候，看着亲人的眼睛，我无地自容。悲伤会使我的眼睛蒙满泪水，却不会使我闭上眼睛。看着批评我的目光，我会激起正视缺点的勇气与信念。我会仔细回顾我走过的路，看看自己是怎样跌倒的，今后要避开同样的危险。

当我受到表扬的时候，我也快乐地注视着别人的眼睛。我不喜欢假装谦虚把睫毛深深地垂下，一个人回到僻静处悄悄地乐。我愿意把心中的喜悦像满桶的水一样溢出来，让我的朋友们分享。在我的亲人我的朋友的眼睛里，我读出他们的快活和对我更高的希冀。表扬不但没有使我忘乎所以，反倒更使我感到肩上的担子沉重。成功好比是一座小山，一个准备走很远的路的旅人，站得高了，才会看到目的地的篝火，他会加快自己的脚步。

当我面对陌生人的时候，我会格外注视他的眼睛。眼睛是心灵的窗户已经是被说腻了的古话，可我要说，眼睛不仅仅是窗户，它是心灵的家。假如陌生人的目光坦诚而友好，我会向他伸出我的手；假如陌生人的目光犹疑而彷徨，我断定他是一个没有主见的人，不能成为朋友；假如陌生人的目光躲闪而阴暗，我会退避三舍，在心里敲起警钟；假如陌生人的目光孤苦无告，我愿意提供力所能及的帮助。

当我面对熟识的人的时候，我会观察他的眼睛有没有变化。岁月会改变一个人的眼光，就像油漆的家具会变色一样。但是有些老朋友的眼光是不会变的，像最清澈的水晶，晶莹一生。但他们的眼睛会随着思绪的喜怒哀乐变换颜色，作为朋友，我愿与他们分担。假如他们悲哀，我愿为他们宽心；假如他们喜悦，我愿与他们分享；假如他们焦虑，我愿出谋划策；假如他们忧郁，我愿陪着他们沿着静静的小河走很远很远……

当我独自一人面对镜子的时候，我严格地审视自己的眼睛。它是否还保持着童年人的纯真与善良？它是否还凝聚着少年人的敏锐与蓬勃？它在历尽沧桑以后，是否还向往人世间的真善美？面对今后岁月的风霜雨雪，它是否依旧满怀勇气与希望？

当我面对森林的时候，我注视着森林的眼睛。它就是树干上斑驳的年轮和随风摇曳的无数嫩叶。它们既苍老又年轻，流露出大自然无限的生机。

当我在月夜里面对星空的时候，我注视着宇宙的眼睛，那是苍穹无数的星辰。天是那样的幽蓝而辽阔，周围是那样的静寂而悠远。作为一个单独的人，我们是多么渺小啊！但正是看似微不足道的人类，开始了征服宇宙的长征。在这个意义上，人类有时那样伟大而悲壮。每一个孤立的人，都像小星一样微弱，但集结起来，就可以给迷途的人指引方向，就可以在黑暗中放出光明。

我注视着滔滔的流水，浪花就是它的眼睛。生命在于运动，假如大海没有了波涛，就结束了它浩瀚博大的使命，大海就瞎了，成为死水一潭，再也不能负载舟楫远航，再也不能任海鸥翱翔，再也不能繁养无数的水族，再也不能驮着我们在海滩上嬉戏……

世界上所有的生灵都有它们的眼睛，就看你用不用心寻找，就看你有没有勇气和它对视。

当我刚刚开始学习注视别人的眼睛的时候，心中很有些不安。我觉得自己是个小小的孩童，我怎么敢看着别人的眼睛，那不是太不尊敬人了吗？我对妈妈讲了我的顾虑，她笑了，说，那你明天试着看看老师的眼睛。

第二天，在课堂上，我开始注视老师的眼睛。好怪啊，老师好像专门给我一个人讲课似的。我的思考紧紧地跟随着老师的讲解，在知识的密林里寻觅。当讲到重要的地方，我看到老师的眼睛里冒出精彩的火花，我知道自己一定要记住它。当老师的眼光像湖水一样平静的时候，我知道这里只需要一般掌握。当我读老师眼睛的时候，老师也在读我的眼睛。假如我显现出迷惘与困惑，老师就会停顿他讲解的步伐，在原地连兜几个圈子，直到我的目光重又明亮如洗；假如我调皮地向他眨眨眼睛，他会突然把讲了一半的话咽进去。他知道我已心领神会，可以继续向下讲了。

我这才知道，眼睛对眼睛，是可以说话的。它们进行无声的交流，在这种通行的世界语里，容不得谎言，用不着翻译，它们比嘴巴更真实地反映着一个人隐秘的内心世界。

随着年龄的增长，我明白了注视着别人的眼睛，是一种郑重，是一种尊敬，是一种信任，是一种坦诚。

当然了，这种注视不是死瞪瞪地盯着人家看，那样可真有点傻乎乎并且不文雅了。注视的目光应该是宁静而安然的，好像是我们在晴朗的天气，眺望远处的青山。

如果我听懂了他的话，我会轻轻地点头。如果我需要他详细解说，我会用目光传达出这种请求。

注视着别人的眼睛，也给自己提出了更高的要求。

当我注视着别人的眼睛说谢谢的时候，我必须有发自内心的真诚。

当我注视着别人的眼睛说对不起的时候，我必须传递由衷的歉意。

当我注视着别人的眼睛说我能把这件事做好，我一定要有必胜的信心。

当我注视着别人的眼睛说请相信我，我觉得自己陡然间增长了才干和胆魄。

医学家证明，人在说谎的时候，无论他多么历练老辣，他的眼睛都会泄露他的秘密。他的瞳孔会散大，他的视线会游移，眼睑也会不由自主地下垂。

为了我们能够勇敢地注视别人的眼睛且不怕被别人注视，让我们做一个襟怀坦荡心灵像水晶般透明的人。

呵护心灵

那一年我17岁，在西藏雪域的高原部队当卫生兵，具体工作是做化验员。

雪山上的条件很差，没有电，许多医学仪器都不能用。化验血的时候，只有凭着眼睛和手做试验，既辛苦也不易准确。

一天，一个小战士拿了一张化验单找我，要求做一项很特别的检查。医生怀疑他得了一种很古怪的病，这个试验可以最后确诊。

试验的做法是：先把病人的血抽出来，快速分离出血清，然后在56℃的情形下，加温30分钟。再用这种血清做试验，就可以得出结果来了。

我去找开化验单的医生，说，这个试验我做不了。

医生问，为什么？

我说，你想啊，整整半个小时，要求56℃分毫不差。要是有电暖箱，当然简单了。机器的指针旋钮一应俱全，把温度和时间定死，一按电钮，就开始加温。时间到，红色指示灯就亮了，大功告成。但是没有电，你就抓瞎没办法。我又不能像个老母鸡似的把血标本揣在身上加温。就算我乐意干，人的体温也不到56℃啊！

医生说，化验员，想想办法吧。要是没有这个化验的结果，一切治疗都是盲人摸象。

我是一个好心加耳朵软的女孩。听了医生的话，本着对病人负责的精神，仔细琢磨了半天，想出一个笨法子，就答应了医生的请求。

那个战士的胳膊比红蓝铅笔粗不了多少，抽血的时候面色惨白，好像是把他的骨髓吸出来了。

前面的步骤都很顺利，我开始对血清加热。

我点燃一盏古老的印度油灯，青烟缭绕如丝，好像有童话从雪亮的玻璃罩子里飘出。柔和的茄蓝色火焰吐出稀薄的热度，将高原严寒的空气炙出些微的温暖。我特意做了一个铁架子，支在油灯的上方。架子上安放一只盛水的烧杯，杯里斜插一根水温计，红色的汞柱好像一条冬眠的小蛇，随着水温的渐渐升高而舒展身躯。

当烧杯水温到达56℃的时候，我眼疾手快地把盛着血清的试管放入水中，然后双眼一眨不眨地盯着温度计。当温度升高的时候，就把油灯向铁架子的边缘移动。当水温略有下降的趋势，就把火焰向烧杯的中心移去，像一个烘烤面包的大师傅，精心保持着血清温度的恒定……

说实话，这个活儿真是乏味透顶。凝然不动的玻璃器皿，枯燥单调地搬移油灯，好像和一个三岁小孩下棋，你既不能赢又不能输，只能像木偶一样机械动作……

时间艰难地在油灯的移动中前进，大约到了第28分钟的时候，一个好朋友推门进了化验室。她看我目光炯炯的样子，大叫了一声，说，你不是在闹鬼吧？大白天点一盏油灯！

我瞪了她一眼说，我是在全心全意地为病人服务，正像孵小鸡一样地给血清加温呢！

她说，什么血清？血清在哪里？

我说，血清就在烧杯里啊！

我用目光引导着她去看我的发明创造。当我再看水银计的时候，看到红线已经膨胀到70℃的范畴。劈手捞出血清试管，就在我说这一句话的工夫，原本像澄清茶水一般流动的血清，已经在热力的作用下，凝固得像一块古旧的琥珀。

完了！血清已像鸡蛋一样被我煮熟，标本作废，再也无法完成试验。

我恨不得将油灯打得粉碎，但是油灯粉身碎骨也于事无补，我不该在关键的时刻信马由缰。现在面临的问题是我该怎么办？空白的化验单像一张问询的苦脸，我不知填上怎样的答案。

最好的办法是找病人再抽上一管鲜血，一切让我们重新开始。但是病人惜血如命，我如何向他解释理由？说我的工作失误了吗？那是多么没有面子的事情！人人都知道我是一个尽职尽责的好化验员，这不是给自己抹黑吗？

想啊想，我终于想出了该如何对病人说。

我把那个小个子兵叫来，由于对疾病的恐惧，他如惊弓之鸟战战兢兢。

我不看他的脸，压抑着自己的心跳，用一个17岁女孩可以装出的最大严肃对他说，我已经检查了你的血，可能……

他的脸唰地变成霜地，颤抖着嗓音问，我的血是不是有问题？我是不是得了重病？

等待检查结果的病人都如履薄冰。我虽然年轻，也很懂得利用这种心理。

这个……你知道像这样的检查，应该是很慎重的，单凭一次结果很难下最后的结论……

说完这句话，我故意长时间地沉吟着，一副模棱两可的样子，让他在恐惧的炭火中慢慢煎熬，直到相信自己已罹患重疾。

他瘦弱的头点得像啄木鸟，说，我给您添了麻烦，可是得了这样的病，没办法……

我说，我不怕麻烦，只是本着对你负责，对你的病负责的原则，还要为你复查一遍，结果才更可靠。

他苍白的脸立刻充满血色，眼里闪出星星点点的水斑。他说，化验员，真是太谢谢啦，想不到你这样年轻，心地这样好，想得这么周到。

小个子兵说着，几乎是迫不及待地撸起袖子，露出细细的臂膀，让我再次抽他的血。

我心里窃笑着，脸上还做出不情愿的样子，很矜持地用针头扎进他的血管。这一回，为了保险，我特意抽了满满的两大管鲜血，以防万一。

古老的油灯又一次青烟缭绕，我自始至终都不敢大意，终于取得了结果。

他的血清呈阴性反应，也就是说——他没有病。

再次见到小个子兵的时候，他对我千恩万谢。他说，化验员啊，你可真是认真啊。那一次通知我复查，我想一定是我有病，吓死我了。这几天，我思前想后，把一辈子的事都想过了一遍。幸亏又查了二次，证明我没病。你为病人真是不怕辛苦啊！

我抿着嘴不吭声。

后来领导和同志们知道了这件事，都夸我工作认真并谦虚谨慎。

在以后很长的时间里，我都为自己当时的灵动机智而得意。

我的年纪渐长，青春离我远去。机体像奔跑过久的拖拉机，开始穿越病魔布下的沼泽。有一天，当我也面临重病的笼罩，我对最后的化验结果望穿秋水的时候，我才懂得了自己当年的残忍。我对医生的一颦一笑察言观色，我千百次地咀嚼护士无意的话语。我明白了当人们忐忑在生死的边缘时，心灵是多么脆弱。

为了掩盖自己一个小小的过失，不惜粗暴地弹拨病人弓弦般紧张的神经，我感到深深懊悔。

假如今天我出了这样的疏忽，我会充满歉意地对小个子兵说，对不起，因了我的粗心，那个试验做坏了，现在我来重新做。

我想他也许会发脾气的，斥责我的不负责任。按照四川人的火暴脾气，大骂几句也有可能。我会安静地倾听他的愤怒，直到他心平气和的那一瞬。我相信他还会撸起袖子，让我从他比红蓝铅笔粗不了多少的胳膊上抽血……也许他会对别人说我是一个蹩脚的化验员，我会微笑着不做任何解释。

我们可以吓唬别人，但不可以吓唬病人。当我们患病的时候，精神是一片深秋的旷野，无论多么轻微的寒风，都会引起萧萧黄叶的凋零。

让我们像呵护水晶一样呵护病人的心灵！

佯笑

做心理医生时，看到过无数来访者。一天，有人问道，在你的经历中，最让你为难的是怎样的来访者？说实话，我还真没想过这个问题，他这一问，倒让我久久地愣着，不知怎样回答。

后来细细地想，要说最让我心痛的来访者，不是痛失亲人的哀号，或是奇耻大辱的啸叫，而是脸挂无声无息微笑的苦人。

有人说，微笑有什么不好？不是到处都在提倡微笑服务吗？不是说微笑是成功的名片吗？最不济也是笑比哭好啊！

比如一个身穿黑衣的女孩对我说，您知道我的外号是什么吗？我叫开心果，我是所有人的开心果。只要我周围的人有了什么烦心事，他们就会找到我，我听他们说话，想方设法地逗着大家快乐，给他们安慰。可是，我不欢喜的时候，却找不到一个人理我了。周围一片灰暗，我只有一个人躲在被窝里哭……

我听着她的话，心中非常伤感，但她脸上的表情却让我百思不得其解。那是不折不扣的笑容，纯真善良，几乎可以说是无忧无虑的。连我这双饱经风霜的老眼，也看不出有什么痛楚的痕迹。她的脸和她的心，好像是两幅不同的拼图，展示着截然相反的信息，让人惊讶和迷惑，不知该信哪一面。

我说，听了你的话，我很难过。可看你的脸，察觉不出你的哀伤。她下意识地摸摸自己的脸说，咦，我的脸怎么啦？很普通啊，我平时都是这样的。

于是我在瞬间明了她的困境。她脸上的笑容是她的敌人，把错误的信息传达给了别人。当她需要别人帮助的时候，她的脸她的笑容在说着相反的话——我很好，不必管我。

有一个男子，说他和自己的妻子青梅竹马，后来以妻子的名字起了证照，办起了自家的公司。几年打拼，积聚下了第一桶金。小鸟依人的妻子身体不好，丈夫说，你从此就在家里享福吧，我有能力养你了。你现在已经可以吃最好的伙食和最好的药，等我以后发展得更好了，你还可以戴着最好的首饰去看世界上最好的风景。再以后，你也会住上最好的房子……他为妻子描画出美好的远景之后，就雷厉风行地赚钱去了。当他有一天风尘仆仆地回到家中，妻子不在屋里。他遍寻不到，焦急当中，邻居小声说，你不是还有一套房子吗？他说，不，我没有另外的房子。邻居锲而不舍地说，你有，你还有一套房子，我们都知道，你怎么能假装不知道？男子想了想说，哦，是了，我还有一套房子。你能把我带到那套房子去吗？邻居说，一个人怎么能忙得把自己的房子在哪里都忘了呢？它不是在××路××号吗？邻居说完就急忙闪开了，不想听他道谢的话。男子走到了那个门牌，看到了自己最要好的朋友的车就停在门前。他按响了门铃，却没有人应答。

这是一栋独立的别墅，时间正是上午10点。男子找了一个合适的角度，可以用眼睛的余光罩住别墅所有的出口和窗户。然后他点燃了一支烟，狠狠地抽了半天，才发现根本就没有点燃。他就这样一支接一支地抽下去，直到太阳升到正午，还是没有见到任何动静。他面无表情地等待着，知道在这所别墅的某个角落里，有两双眼睛偷窥着自己。到了下午，他还如蜡像一般纹丝不动。傍晚时分，门终于打开了，他的朋友走了出来。他迎了上去，在他还没有开口的时候，那个男人说，算你有种，等到了现在。你既然什么都知道了，你要怎么办，我奉陪就是了。说着，那个男人钻进车子，飞一样地逃走了。丈夫继续等着，等着他的妻子走出门来。但是，直到半夜三更，那个女人就是不出来。后来，丈夫怕妻子出了什么意外，就走进别墅。他以为那个懦弱负疚的妻子会长跪在门廊里落泪不止，他预备着原谅她。但他看到的是盛装的妻子端坐在沙发里等他，说你怎么才来，我都等急了。我告诉你，你听不到你想听的话，但你能想出来的所有的事情都发生了，你爱怎么办就怎么办吧，我们等着你……说完这些话，那个女人就袅袅婷婷地走出去了，把一股陌生的香气留给了他。他说，那天他把房间里能找到的烟都吸完了，地上堆积的烟灰会让人以为这里曾经发生过火灾。

我听过很多背叛和遗弃的故事，这一个就其惨烈的程度来说，并不是太复杂。之所以给我留下相当深刻的印象，是这位丈夫在整个讲述过程中的表情——他一直在微笑。不是任何意义上的苦笑，而是真正的微笑。这种由衷的笑容让我几乎毛骨悚然了。

我说，你很震惊很气愤很悲伤很绝望，是不是？

他微笑着说，是。

我恼怒起来，不是对那对偷情的男女，而是对面前这位被污辱和损害的丈夫。我说，那你为什么还要笑？

他愣了愣，总算暂时收起了他那颠扑不破的笑容，委屈地说，我没有笑。

我更火了，明明是在笑，却说自己没有笑，难道是我老眼昏花或是神经错乱了吗？我急切地四处睃寻，他很善意地说，您在找什么？我来帮您找。

我说，你坐着别动，对对，就这样，一动也不要动。我要找一面镜子，让你看看自己是不是无时无刻不在笑！

他吃惊地托住自己的脸，好像牙疼地说，笑难道不好吗？

我没有找到镜子。我和那男子缓缓地谈了很多话，他告诉我，因为母亲是残疾人，父亲在他出生后不久就把他们母子抛弃了。母亲带着他改嫁了一个傻子，那是一个大家族。他从小就寄人篱下，无论谁都可以欺负他。出了任何事，无论是谁摔碎的碗打烂的暖瓶，无论他是否在场，都说是他干的，他还不能还嘴。他苦着脸，大家就说他是个丧门星，说给了他饭吃，他起码要给个笑脸。为了少挨打，他开始学着笑。对着小河的水面笑，小河被他的泪水打出一串旋涡；对着破碎的坛子里积攒的雨水练习笑容，那笑容把雨水中的蚊子都惊跑了。不管怎么样，他练出了无时无刻不在微笑的脸庞，渐渐地，这种笑容成了面具。

这个故事让我深深地发现了自己的浅薄。微笑，有时不是欢乐，而是痛苦到了极致的无奈。微笑，有时不是喜悦，而是生存下去的伪装。深刻检讨之下，我想到了一个词形容这种状况，叫作——佯笑。

佯攻是为了战略的需要，佯动是为了迷惑敌人，佯哭是为了获取同情，佯笑是为了什么呢？当我探求的时候，发现在我们周围浮动着那么多的佯笑。如果佯笑出现在一位中年以上的人脸上，我还比较能理解，因为生活和过往给了他们太多的苍凉，但我惊奇地看到很多年轻人也被佯笑的面具所俘获，你看不到他真实的心境。

其实，这不是佯笑者的错，但需要佯笑者来改变。我想，每一个婴儿出生之后，都会放声啼哭和由衷地微笑，那时候，他们是纯真和简单的，不会伪装自己的情感。由于成长过程中种种的不如意，孩子们被迫学会了迎合和讨好。他们知道，当自己微笑的时候，比较能讨到大人的欢心，如果你表达了委屈和愤怒，也许会招致更多的责怪。特别是那些在不稳定不幸福的家庭中长大的孩子，他们幼小的脑海，还无法分辨哪些是自己的责任哪些不过是成人的迁怒。孩子总善良地以为是自己的错，是自己惹得大人不高兴了。由于弱小，孩子觉得自己有义务让大人高兴，于是开始练习佯笑。久而久之，佯笑几乎成了某些孩子的本能。在这个意义上说，佯笑也不是百无一是，它可掩饰弱小者真实的情感，在某些时候为主人赢得片刻的安宁。

可是佯笑带来的损伤和侵害，却是潜在和长久的。你把自己永远钉在了弱者的地位上，不由自主地仰人鼻息。在该愤怒的时候，你无法拍案而起；在该坚持的时候，你无法固守原则；在合理退让的时候，你表现出了谄媚；在该意气风发的时候，你难以潇洒自如……还可以举出很多。当很多年轻人以为自己的风度和气质是一个技术操作性的问题时，其实背后是一个顽固的心结，那就是你能否流露自己的真实情感。

我们常常羡慕有些人那么轻松自在和收放自如，我们不知道怎样获得这样的自由。最简单的方法就是全面地接受自己的情绪，做一个率真的人，学会和自己的心灵对话。你不可要求自己的心总是快乐，不可要求自己的脸上总是阳光灿烂。你不能掩盖和粉饰心情，你必须承认矛盾和痛楚。只有这样，我们才能真正驾驭自己的情绪，成为自己的主人。

回到那位被背叛的男子那里，当他终于收起了微笑，开始抽泣的时候，我觉得这是他的大进步、大成长。

他的眼泪比他的笑容更显示出他的坚强。当他和自己的内心有了深刻的接触之后，新的力量和勇气也就油然而生了。

现代商战把微笑也变成了商品，我认为这是对人类情感的大不敬。微笑不是一种技巧，而是心灵自发的舞蹈。我喜欢微笑，但那必须是内心温泉喷涌出的绚烂水滴，而不是靠机器挤压出的水的呻吟。

请你不要佯笑，那样的笑容令人心碎！

自拔

自己把自己拔出来——我喜欢“自拔”这个词。不是跳出来或是爬出来，而是“拔”。小时候玩过拔萝卜的游戏，那是要一群小朋友化装成动物，齐心合力才能完成的事业。现代人常常陷在压力的泥沼中，难以享受生活的美好。把自己从压力中拔出来，也是一个系统工程。

压力本是一个物理词汇，比如气压、水压、风压……推广开来，医学上有“血压、脑压、颅内压”等等，多属于专业领域。不料如今风云突变，压力成了高频词。生活有压力，经济有压力，学业有压力，晋升有压力，人际关系有压力，情感世界有压力，婚姻也有压力……人们在交谈中，无不涉及林林总总的压力。压力像打翻了的汽油桶，弥散到现代人生活的各个领域，散发着浓烈的气味。我们躲不胜躲，防不胜防，不定在哪个瞬间，就燃起火焰。

其实适当的压力，是保持活性的重要条件。如果空气没有了压力，我们的呼吸就会衰竭；如果血液没有了压力，我们的四肢就会瘫痪；如果水管子没有了压力，那结果之伤感是任何一个住在高层楼房的人士都噤若寒蝉的，你将失去可饮可用的清洁之水。20世纪的石油英雄王铁人也说过“井无压力不出油，人无压力轻飘飘”

的豪言壮语。

只是这压力须适度，比如冬日里柔柔的阳光照在身上，这是一种轻松的压力，让我们温暖和振奋。设想这压力增加十倍，那基本上就成了吐鲁番酷热的夏季，大伙只有躲到地窖里才能过活。假如这压力继续增加，到了一百倍一千倍的强度，结果就是焦炭一堆了。

现代人常常陷于压力构建的如焚困境之中，也许是某一方面的压力过强，也许是许多方面的压力综合在一起。如是后者，单独究其某一方面的压力，强度尚可容忍，但积少成多日积月累，细微的压力堆积起来，就成了如山的重负。金属都有疲劳的时候，遑论血肉之躯？如不减压，真怕有一天成了齑粉。

如果你因压力忙到无力自拔，忙到昏天黑地，忘记了自己的生日和家人的团聚，忘掉了自己如此辛辛苦苦究竟是为了什么，如果你想改变，就试着了解压力吧！寻找压力的种种成因，为扑朔迷离捉摸不定的压力画像，澄清我们对压力的模糊和迷惘之处，让折磨我们的压力毒蛇从林莽之中现形，让我们对压力的全貌和运转的轨迹有较为详尽的了解。中国的兵法上有句古话，叫作“知己知彼，百战不殆”。当你认识到了你所承受的压力的强度和种类，在某种程度上我们就已经钉住了压力的七寸。

明白了压力的起承转合，找到了适合自己的减压方式之后，你的呼吸就会轻松一点，胸中的块垒也会松动出些微的空隙。坚持下去，持之以恒，你就会一寸寸地脱离沉重压力的吸附，把自己成功地拔出来。也许在某一个清晨醒来的时候，你会突围而出，像蝴蝶一样飞舞。

轻裘缓带

有一阵，我对各式各样能让自己放松的法子颇感兴趣。看了不少的书，听了若干的讲座，甚至还向别人传授过放松的技巧，以应对诸如考试时的大脑蓦然空白、马上就要上场讲演却遗忘了最重要的名称等等窘迫的危机。应用的结果是有微效，但无显效。

一种治标的法子，利用身体和心理相辅相成的原理，以规定性的动作让肌肉松弛，期待着达到心境松弛的目的。想法是不错，只是难以百发百中。心理这个东西并不傻，它完全明了你的意图，是一个火眼金睛的上级指挥官。当你还没有开始动作的时候，它就前瞻到了。为什么你的心理会紧张到失措？必有迫它进入这种状态的强大潜在驱力。不针对这个驱力做釜底抽薪的功课，只是一呼一吸地忙碌着你的肚皮，结果是扬汤止沸，可收一时之功效，却无根除之法力。

要把内心的紧张源探查清楚，那是一个大工程，也许需要专业人士的帮助。有一个针对身心紧张的小法子，就是着装上的轻裘缓带。服装是最贴近我们身体的小环境，如果它宽松舒缓轻柔随意，就有助于安抚神经，酿造安然淡定的状态。轻裘缓带——你试着看看这几个字，是不是盯着盯着就有一种略带飘然的松弛感？

现代的服装太让人感觉紧张了，西服简直就是“笔挺”的同义词，如果你穿西服而又不够笔挺的话，意味着不是老土就是落魄。套装也是如此，最适宜的角度是穿着高跟鞋，略向前倾谦恭地站着，面露职业的微笑。如果是匆匆长路或是伏案苦作，这衣服一定会让你落下膝颈酸痛的暗疾。至于各式各样的行业制服，按照标准一丝不苟地穿戴起来，更是如盔甲一般郑重了。

看看自然界的生物多么优哉：懒散的熊猫和逍遥的金丝猴，滑翔的鹰和遨游的虾，它们都是恬然而自在的。唯有松弛才可达久远，唯有松弛才能更深入地开放潜能。即使是凶猛的虎和狮，当它们不捕食的时候，也是安详和优雅的。

弱小的动物通常是忙碌的，比如蚂蚁，比如蜜蜂，比如老鼠和兔子……但它们决不会钻进有形有款的外套，憋住自己的手脚，那样它们干起活来一定多了汗水，逃跑起来一定少了胜算。越是辛劳，肢体越要随心所欲地动作，才会有更高的把握和更快的节奏。

如今，袒胸露臂的衣服多了，单从妨碍动作的角度，它对机体是一种解放，但它和轻裘缓带还是有所差异，被暴露的肌肤有可能在他人的注目下紧张，因为暴露的目的常常就是为了得到瞩目和好评。所以，遮盖得很少并不一定就是轻松，也许潜藏的期许更让人不安。所有对外在评价的留意，都是紧张轴心的发源地。

轻裘缓带的衣服是越来越少了。纵使有，也被纳入了“休闲”和“家居”的范畴，似乎是不登大雅之堂的。其实，工作中为何不能轻裘缓带？要知道，轻裘缓带这个词最早出现在《晋书·羊祜传》中，描绘的是将士在军营中的衣着。“（祜）在军常轻裘缓带，身不被甲。”既然在森严的兵营中都可轻裘缓带，被紧张折磨的现代人，为什么不可舒缓一把呢？

如果你已经修炼到宠辱不惊，那么，穿什么都不重要，它都不会让你紧张。只是对于我这等道行不够之人，穿得宽松些，本身就是对紧张的挑战了。

孤独是一种兽性

“孤独”这两个字，从它的偏旁与字形，一眼望去，就让人想起动物世界。看来我们聪明的祖先造字的时候，就已洞察它的真髓。

很低等的动物，多半是合群的。比如海洋里庞大的虾群，丛林中的白蚁，都是数目庞大的聚合体。随着物种渐渐进化，孤独才悄然而至。清高的老虎，高傲的鹰隼，狡猾的狐狸，威猛的狮子，你见过成群结伙浩浩荡荡组织起来的吗?

等进化到了人，事情才又复杂地回归了。人类为了各种利益，重新集结在一起。比如上千万人的城市，至今还在膨胀之中，从事某一行业的人，摩肩接踵地挤在一起。房屋盖得像毒蘑菇一般紧密，公共汽车拥挤成血肉长城……

在这种情况下，人回忆孤独，渴望孤独而不得，便沉浸于寻找与回味的痛苦中。

孤独是一种源于兽的洁癖和勇敢。高雅的人在说到孤独时，以为那是人类的特殊情感，其实不过是返祖之一斑。

孤独是某个生命个体，独立地面对大自然的交流。自然是永恒而沉默的，只有深入它的怀抱中，在万籁俱寂之时，你才能感觉到它轻如发丝的震颤。

寻共鸣易，寻孤独难。因为共同的利害，将无数人紧紧拴在一起，利至则同喜，利失则同悲。比如股票市场，哪里有孤独插翅的缝隙？

高官厚禄，纸醉金迷，霓裳羽衣，巧笑倩兮……都需要有人崇拜，有人瞻仰，有人喝彩，有人钟情……假若孤独着，一切岂不是沙上建塔？

追求这些的人也经常谈论孤独，但他们说出“孤独”这个字眼的时候，表达的不过是一种利益不够辉煌的愤懑感，和洁净凉爽无欲无求的孤独感大不相干。

人是软弱的动物。因为恐惧，才拥挤一处，以为借此可以抵挡自天而降的风雷。即使无法抵御，因为共睹同类也遭此厄运，私心里也可生出最后的快慰。

孤独是属于兽的一种珍贵属性，表达一种独往独来的自信与勇猛。在人满为患的地球上，它已经越来越稀少了。

也许有一天，人性终于消灭了兽性，孤独就像最后一只恐龙，销声匿迹。

鱼在波涛下微笑

心在水中。水是什么呢？水就是关系。关系是什么呢？关系就是我们和万物之间密不可分的羁绊。它们如丝如缕百转千回，环绕着我们，滋润着我们，营养着我们，推动着我们，同时也制约着我们，捆绑着我们，束缚着我们，缠扰着我们。水太少了，心灵就会成为酷日下的撒哈拉；水太多了，堤坝溃塌，心也会淹得两眼翻白。

人生所有的问题，都是关系的问题。在所有的关系之中，你和你自己的关系最为重要，它是关系的总脐带。如果你处理不好和自我的关系，你的一生就不得安宁和幸福。你可以成功，但没有快乐；你可以有家庭，但缺乏温暖；你可以有孩子，但他难以交流；你可以姹紫嫣红宾朋满座，但不曾有高山流水患难之交。

你会大声地埋怨这个世界，殊不知症结就在你自己身上。

你爱自己吗？如果你不爱自己，你怎么有能力去爱他人？爱自己是最简单也是最复杂的事情。它不需要任何成本，却需要一颗无畏的灵魂。我们每个人都是不完满的，爱一个不完满的自己是勇敢者的行为。

处理好了和自己的关系，你才有精力和智慧去研究你的人际关系，去和大自然和谐相处。如果你被自己搞得焦头烂额，就像一个五内俱空的病人，哪里还有多余的热血去濡养他人？

在水中自由地遨游，闲暇的时候挣脱一切羁绊，到岸上享受晨风拂面，然后，一个华丽的俯冲，重新潜入关系之水，做一条在波涛下微笑的鱼。

心境防割

旅游的时候认识了一对夫妻，他们的职业是制作防割手套。我问，这手套坚硬到何种程度呢？他们笑而不答，说回到北京后你到我们那里参观一下就知道了。

第一眼看见防割手套，平凡到令人垂头丧气。和普通车工钳工戴的白线手套没有任何区别，如果一定要找到不同，就是价钱要贵出很多。也许看出了我的不屑，男主人抽出一把寒光四射的匕首握在手中说，你戴上手套，然后来夺我的刀。细端详，那刀尺把长，尖端像西班牙人的鞋子弯弯翘起，开了刃，血槽深深。我胆战心惊道，这刀可以杀死一头恐龙了，不敢。他又说，要么我戴上手套，请你来割我吧。我说，那干脆就滑到了犯罪的边缘，本人奉公守法，恕我也不能从命。他无奈，只有亲戴手套，自己来割自己了。

戴上防割手套的左手有些臃肿，右手执刀杀气腾腾。晶光闪烁长刃劈下的那一瞬，我骇得紧闭了眼睛。等到哆哆嗦嗦打开眼帘，以为看到的是皮开肉绽血花翻飞，不想雪白的左手套上，只有一道淡淡的痕。主人优雅地舒了几下掌，如同少妇的额头被抹上了速效去皱霜，痕迹很快就平复了。

大觉神奇，不由得一试。戴上手套，用刀锋在指掌上反复切割，先轻后狠。那真是一种奇妙的感受，你能感觉到薄刃的锋芒和杀伐的重量，然而它却如溪水掠过毫发无伤。主人告诉我，看似普通的棉纱里，捻进了500根高弹钢丝。临走的时候，主人送我一副防割手套，笑道，从此你可空手夺刃了。

感叹防割手套的神奇，不由得想到：倘加上十倍百倍之量，用千万根钢丝织就一件背心，披挂在身便心硬如铁了。再没有什么情感的剑戟能刺穿出血洞，再没有什么理智的矛斧能劈裂成沟壑。享有一颗风雨无摧刀枪不入的心，岂不万般惬意？

有一段时间，我出门时书包里常带着防割手套，期望着碰上一个行凶的歹徒，冲出去见义勇为又保全须全尾。然世事虽纷杂，运气却极佳，梦想竟无法成真。坚固的防割手套渐渐蒙尘，如同骁勇的大将空白了少年头。终有一天，我在乡下干活的时候，想到委它以新任。花圃中月季正香艳，这是最渴望修剪的花卉。此花盛开之后如不从瓣下第三分叉处刈除，就会花渐小香渐远魅力大失。只是那些蔷薇籍贯的锐刺尽忠职守，如同美女的贴身保镖虎视眈眈。我手笨，每一回都被扎得十指痛痒。

连刀剑都能阻挡，还怕小小的荆棘吗？我戴上防割手套，所向披靡地抓起了月季花茎。顿时，双手像被蜂群包围，数不清的小刺同时扎入肌肤。慌乱摘下手套查看，七八处鲜血淋漓，实为我充任业余园丁以来损失最惨痛的一次。

原来，这特制手套能够防止长刀短剑的切割，却并不能阻止细小毛刺的揳入。钢丝绞结的缝隙是小针出入自由的高速路。

那天，我贴着大约十张创可贴完成了剪枝工作，一边挥舞园艺剪一边想，悲哀啊，看来十万根钢丝也无法保证我们的心境不受损毁，更不消说，人是不能无时无刻都裹在钢丝里面的，那样我们将丧失对人间百态的灵敏触碰和对风花雪月赏心悦目的叹息。

你想保有你对世界的好奇和快乐吗？你必须除去心的伪装，敞开你的心扉。心必将一生裸露着，狂风为她梳洗，暴雨为她沐浴。心没有蓑衣，也没有斗笠。心会受伤，心也会流血，这就是心的功能啊！

把心藏在钢铁中，且不说钢铁也是有缝隙的，就算心境防割，心也不能再活泼地游弋，那才是心最大的哀伤呢！关于这种悲惨的境况，古语中有一个恰如其分的词，叫作“心死”。

一个心理健康的人，心可以流血，自己就能撕下衣襟止血。心可以撕裂，自己能够飞针走线地缝合。他可以有累累的创伤，更会有创伤愈合之后如功勋章般的痕迹。

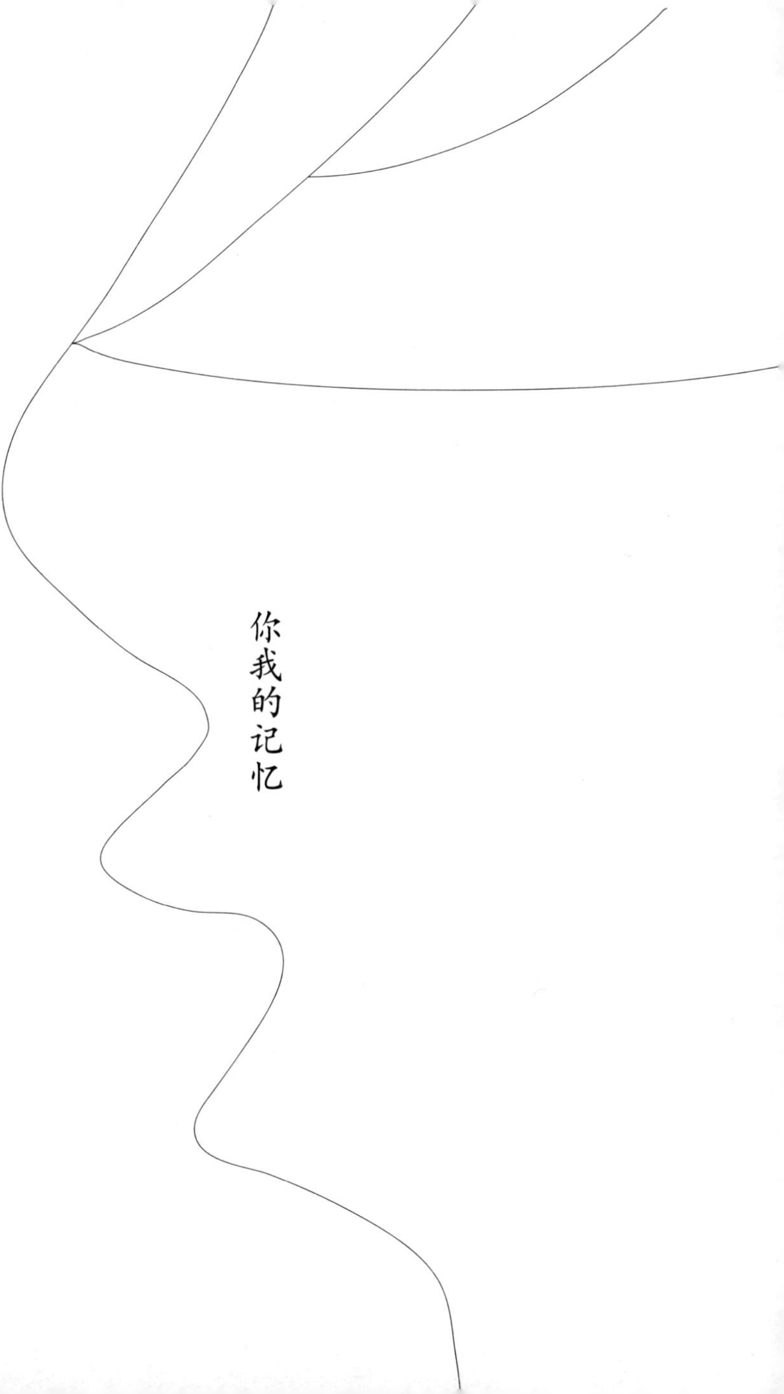

你我的记忆

在我们的身体里面，居住着某些连我们自己都莫名其妙的客人——记忆。没有人能说清楚记忆是何时驻扎进来的，它们比江河的源头还要难以寻找。长江源是一些翻滚的水泡，好似透明的蝼蛄钻出地表。记忆的源头是什么呢？是一些鲜艳同时又支离破碎的毛线团，五彩杂糅，有一种喜洋洋的生命力。顽强的记忆耐酸碱和腐蚀，岁月无法将它们漂洗。

我们为什么会对某人一见钟情？我们为什么热爱一份他人无法接受的工作？我们为什么对某些事物滋生厌倦？我们为什么会在某种场合不可理喻？我们爱恨的理由是什么？……

凡此种种心灵的奥秘，都和记忆有着千丝万缕的关联。

记忆是人体中最不服从命令的一位世袭的将军，相信很多人在求学考试之时，都有惨痛印象。记忆顽皮，不知暗中遵循的是何种规律。有些事件，一点也不重要，可它偏偏就记得镂骨蚀魂，连当时的一声蝉鸣一朵浮云，都毫发不爽。不良的情绪，好像一袋携带终生的垃圾，即使你把它埋葬在潜意识里，但它如古尸的指甲，依然锋利。有些极为重要的瞬间，你不停地对自己说，记住它记住它，万万不能忘啊！可惜，记忆常常充满阴谋地背叛你。

重复多少次，人就可以记住某些事物了呢？这可能是人类永远的秘密了。但在实际生活中，好像有一些人是掌握了这个谜底的。比如，老师罚小学生把某个字词书写多少遍……他的理论基础就是以为重复会有奇效。又比如，那些撒谎的人，可能也相信口吐星沫就能潜入他人的记忆。还有热恋当中的爱人，一遍又一遍地重复“我爱你”……想来也是不很明了记忆神鬼莫测的品格。

比起记忆的存在，记忆的销蚀更是不可捉摸。我在雪山服兵役时，认识一位搞保密工作的参谋。他一贯很忙，不苟言笑，步履匆匆。后来突然就散淡起来，四处逛着，抱着手，没事就找别人侃聊。聊到山穷水尽时，众人都无反应了，他还挑起新的话题，后来人们见了他就要躲着走。我问他，嗨，你还有没有什么正经事要做啊？他说，我做的事是再正经没有的了。我说，你一天究竟干什么呢？他说，我干的事就是不干什么。我说，天下还有这样舒服的工作吗？他说，这是工作，可是并不舒服，因为我要干的事，就是忘记。我说，忘记，也配叫一种工作吗？他说，忘记这个工作比什么事都难办呢。我以前知道很多秘密，我现在要转业了，我就是要把以前的都忘记。我拼命地找别人谈话，是想加速这个过程。这就好比要在一张写满了铅笔字的纸上，再写满钢笔字，这样以前的字迹就看不清了。完全遗忘后，我就可以到新的岗位去了。

我说，你什么时候才能知道自己已经忘记了呢？

他苦笑了一下说，当我专注于忘记的时候，我就比什么时候都记得更清楚。

是的，我们都有这样痛不欲生的经验。当我们越想忘记一件事情的时候，其实反倒是把它放到记忆的密码箱里面了。这种时刻非常常见，同时也是非常倒霉的。事情一进入了这样的恶性循环，几乎就是记忆的癌症了。那些我们期待忘却的记忆，甚至在幽暗的骨灰匣子里，依旧像一块冥顽的弹片熠熠闪光。

记忆不属于生理，记忆是心理的。我们的历史，就是我们的记忆。丧失记忆，将不知道自己是谁。经验就是一种心理记忆。当遭遇陌生的境遇和挑战，我们飞快地检索，以期从记忆中找到可资借鉴的经验。感情，更是心理记忆的无价之宝。童年是记忆的滥觞之地。无论走到哪里，哪怕一无所有，因为有记忆，我们就不孤单。我们的知识，更是我们的记忆了。我们的友谊，也是记忆。没有记忆的友谊，是现代社会人际交往中的速食面，蜷曲着，散发着防腐剂的可疑味道。情感的温暖和光芒，都浓缩在记忆里面，在寒凉中弹射出金色。

记忆又是独立的。它刚直不阿，不卑躬屈膝。它兀自地游走着，不看任何人的脸色，不顾忌世态炎凉。有些人企图修改自己的记忆，但你骗得了别人，你骗不了自己。记忆在重重的谎言覆盖之下，依然保持着耿直生命的姿态，等待着复苏的时候。甚至由于这种压迫，它更清醒和更明晰了。在人所具有的所有功能之中，记忆有一种我们尚不能完全明了的强硬品格。即使是一个懦弱而充满欺诈的人，我依然相信，在他大脑的极地下，活着晴朗的记忆苔藓。它们无法长成大树，但它们有着灰绿色的生命。

记忆是诚实的。如果没有一个快乐的童年，你不可能回到从前，涂抹粉红的颜色。你需要接纳你的记忆，如同接纳你与生俱来的一切。

由于记忆的这种非凡品格，所以，世界上很多罪恶，都是为了和记忆作对才产生的。为了对抗痛苦和迷惘，人们酗酒吸毒，沉迷于种种感官的刺激。记忆丧失，是很可怕的事情。我们爱什么恨什么，喜欢什么厌恶什么，都是由我们的记忆组成的，甚至可以说是由我们的记忆控制的。记忆是我们的无冕之王，记忆是我们体内的暴君。记忆主宰着我们，却又不动声色。当我们以为自己是在书写新的篇章的时候，记忆在一边暗笑。所有草稿早已打好，你不过是在一字一词地誊清。

我们活在我们的记忆里，这是一个事实。这个事实，让我们对我们的记忆肃然起敬，又心生畏惧。我们的记忆是隐形的，又是无所不在的。我们的记忆是柔软的，又是钢铁般坚硬的。记忆这个东西，大象无形地左右着我们，又销声匿迹满脸无辜。

心理的记忆是无法修改的，只有重组。重组不是覆盖记忆，只是对某一特定的记忆有了新的解释。记忆是需要解释的，记忆只是一个事实。对一个司空见惯的事实，有着怎样的解释，是沉迷往事还是奋起向前的分野。

我们的记忆，不仅仅是属于每位自己的。也就是说，它不但是我这个生命存在期间的产物，而且是我出生以前很久的势态，也深刻地影响着我的记忆。这种集体无意识，弥散在周围的空气里，分散在文化的颗粒中，被我融入自己的血液，流过生命的过程。

有一部分记忆改头换面，潜藏在心灵的地下室。它们可以沉睡多年，却不会永远甘于寂寞。当它们一旦释放出来，那可怕的能量滚滚而下，摧枯拉朽淹没一切。那时候，我们是记忆的主人，又是记忆的奴隶。在饱受记忆惠泽的同时，也会领教它出其不意的危害。记忆伴随着情感，没有情感的记忆是不牢靠和不持久的。情感是记忆的盐。机械的记忆是枯燥和干瘪的，它们轻飘飘的极易随风而逝。伴随情感的记忆是饱满和长着触角的，它们灵动地滑翔着，无数的联想就如同萤火虫似的聚拢过来。当我们以为自己是在创新的时候，只不过是记忆发生了新的组合，一些原本酣睡的记忆跳起了圆舞曲，它们如同万花筒内的玻璃晶，勾搭粘连，幻化出了莫测的图案。

如此说来，记忆既是古老的妖婆，也是婴儿的产床。记忆是兼容并蓄，又是一意孤行的。人类至今无法操纵自己的记忆，这是遗憾也是福气。人类在遗忘中筛选自己最宝贵的一切。记忆特立独行的品格，是人类良知最后栖居的湿地。这里飞翔着黑白天鹅，也潜伏着毒虫。

我们了解自己的记忆吗？唔，不了解。我们看不到它，只能看到它飞过天空的影子。我们由它组成，受它役使。它是国王，又是仆人。它时而懒惰异常，时而又伶俐无比。试问还有什么比优异的记忆力更令人羡慕的？那不仅仅是一种天赋，更是学历和坦途的保修证。还有什么比丧失记忆力更令人恐惧？那不仅仅意味着人将混同于一株植物，更是怜悯和被抛弃的代名词。记忆就这样君临人类的天下，让我们在它的石榴裙下臣服。

你为什么热泪盈眶，为什么沉默不语，为什么拔刀相助，为什么长夜无眠……凡此种种，都是你的心理记忆浮出海面的时候。搜索海下那庞大的坚冰，是你永远的工作之一。

研究真诚

过了国庆，过了中秋节，心理学研究生班课堂上，大家都有一种久别重逢的亲切感，掺着节后的倦怠。

只有从香港来的老师一点都不疲惫，永远精神抖擞，让人想象不出她遭受打击时的样子。

老师说：“各位同学好！”

大家齐声回答：“老师好！”

第一次举行这种仪式的时候，觉得很好玩，也很好笑，好像人变小了，回到了童年。几乎是怀着一种恶意的热闹感，大声呼应，但渐渐地觉得很有意思。它像一柄铡刀，斩断了晨间的喧哗与忙碌，把你切入课堂的氛围。

老师让大家谈谈过节的感受。冷了一会儿场，不知道大家是怎么想的，我的感觉是很突兀。我们习惯于默默无闻地过节，被人猛地一问，有些不知所措。

零星地有人举手，大概是怕老师尴尬吧。先回答的人，都说节无新意，有的简直可说在叹息——过节就是过节呗，和以往的节，没啥不同的……节很累，系上围裙炒菜，解了围裙洗衣，节是给别人过的。

老师微笑着说，节是谁的？——这话倒是很有点意思，留待我们以后再详加讨论。我们还是说这个节日吧。

在华人世界，中秋节是一个仅次于春节的大节日，节日要过得风趣才能留纪念。比如我认识的一家人，过节也不给小孩买新衣服，也不吃好东西，这样的节日真是过不过的，没什么差别了。

大家就笑起来。

一笑，气氛就活跃些了，有同学小声说，过节我回家了，可是在家里待着，好像没有在同学们之间舒服。

这话很引起一些人心底的共鸣。因为在这个班级里，充满了温暖的气氛，但外面的世界依旧沿着蒙满灰尘的轨道盘旋。于是，我们成了在两个世界间游走的贝壳，冷暖自知，难以言说。

我举手说，过节的时候，我给几位老师和同学打了电话，因为前段时间一直上学，疏远了朋友，借这次机会，做个弥补。后来谈到了上课的感想。原是随便说说的，不想对方静静地听了一会儿，就说，毕淑敏，你发现没有，自己有了一些变化？我说，没有啊。电话线那端很肯定地说，有啊，只是你自己不觉得。

我说完后，大家深有同感地笑了。我猜他们也或多或少地听到了自身有变的反馈。

老师看来很高兴，说，你成长了啊！

我说，哈！再长就太老了！

然后是一位女同学发言，她谈到国庆节的第二天，妈妈和婆婆走到一起了，谈得很开心。这对别人实在是一件很平常的事，亲家们走动嘛，普通极了。但她流泪了，可以想见她心中放下了怎样的重负。人在生命的途中，有许多难言的隐痛，只有自己明白那被荆棘包裹的苦楚。一旦揭开解开，那一番轻松，也只有自身的肩头，才能感受。

这位女同学谈完后进入正课，主题是研究真诚。这是一个古老的话题了，但近年来受到了大挑战，真诚成了愚蠢的代名词。

我很喜欢听老师讲课，有一种黄山云雾缓缓袭来的感觉，初起很清淡，但渐渐就弥漫开来，不知不觉之间，新的概念就遮天蔽日，把你全面地笼罩了。你上课的时候，感觉是谈天；你谈天的时候，感觉是上课。但有一点，我深有体会——听的时候循序渐进一路跟随不觉得累，晚上躺在床上，会感到自己的脑袋里，装进了一些很坚硬很稠密的东西，反刍起来，煞是吃力。

讨论激烈得出人意料，有人赞成，有人反对。

我个人很喜欢“真诚”这个词，喜欢它的光明和干净。

词是有自己的光芒和属性的，比如“猥琐”一词，你一看到它，就觉得自己身上发霉糊满蟑螂。“甜蜜”这个词，则让人好似被蜂王浆噎了一嗓子，甜得憋气。“真诚”有一种岩石般的纹理和坚定，不风化，不水土流失，不油腻，爽洁清晰，反射着钢蓝色的金属光泽。

焦点集中在——真诚是一种方式还是一种境界？真诚有没有层次的分别？

有同学问了老师一个极富挑战性的问题——您是很真诚的，但有没有人说过您虚伪？在当代大学里，好像流行着一种说法，真诚是一种更狡猾的虚伪。

课堂内一时很寂静。我看到老师的眸子快速向右上方移动，知道她在郑重思考。片刻之后，老师说，没有，没有人说过我虚伪，起码是当面没有人这样说。至于背后是怎样说的，我不知道，它不在我的关心范围之内。

老师启发道，一个小孩子对一个成人说，你身上真臭啊！然后又对别人说，那个阿姨身上有一种臭味。这事真不真呢？肯定是真的，但这是一种低级水平的真诚。真诚是有讲究的。

我举手，获准后发言。我说，我喜爱真诚。我的很多朋友，也这样评价我。很多人用他们自己的视角来看世界，以为凡是真诚的人，就无法完整幸福地生活，必然会被世俗的车轮碾得千疮百孔。即使不粉碎，也遍体鳞伤，甚至顺水推舟，演变成因为你事业成功和家庭完整，又有良好的人际关系，所以，你必然是虚伪的。

我以为，真诚是一种勇敢坦诚的生活态度，它是我们思想和行动的出发点和归宿。真诚不虚张声势狐假虎威。它似乎因清澈透明而软弱无力，但它其实是强韧而富有弹性的，使我们简洁明快，干爽清正。

真诚是一门艺术，有一个执行的秩序，这就是真善美。真诚可以分解为真实和坦诚，它本身是很有力量的，起码比虚伪有力量，不怕三推六问地对证盘查，经得起推敲和考验……

但仅仅有真实是很不够的。真实的出发点可以是完全不考虑他人的感受，不看全局，不从长远出发，单纯的真实用不当，会具有事与愿违的杀伤力。加上“善”这个缰绳，真就升华了。不再是本真，而有了一种更全面更伟大的品格。至于美，我觉得是怎样更精彩地表达我们的真实，一种长袖善舞，一种大象无形……

教室内一时鸦雀无声，我从这种寂静中，感到声援和赞成。

最后，老师总结道：“真诚是有层次的，可以分成建设性的和破坏性的两种。愿每个人从此都更多更丰富地向这个并不美好的世界，贡献我们建设性的真诚。”

布雷迪的猴子

当心理医生的朋友，给我讲过一个故事——布雷迪的猴子。

布雷迪不是一座山，也不是一片茂密的原始森林，而是一位科学家的名字。

那是一个晴朗的日子，两只猴子各自坐在它们的椅子上，像平常一样开始了生活。但宁静仅仅维持了片刻，20秒钟后，它们猛地同时遭到一次电击。这当然是不愉快的体验了，猴子们惊叫起来。

被仪器操纵的电源，毫不理睬猴子们的愤怒，它均匀恒定地释放电流，每20秒钟准时击发一次。猴子们被紧紧地缚在约束椅上，藏没处藏，躲没处躲，只得逆来顺受。

但猴子不愧为灵长目动物，开始转动脑筋，很快它们便发现各自的椅子上都有一个压杆。

甲猴在电击即将来临的时候掀动压杆，电击就被神奇地取消了，它俩也就一同逃脱了一次痛苦的体验。

乙猴也照样掀动压杆。很可惜，它手边的这件货色是摆样子的，掀与不掀，对电击没有任何影响。也就是说，乙猴在频频到来的打击面前，束手无策。

实验继续着。甲猴明白自己可以操纵命运，它紧张地估算着时间，在打击即将到来的前夕，不失时机地掀动压杆，以避免灾难。当然它有时成功，有时失败。成功的时候，它俩就有了短暂的休息，失败的时候它们就一道忍受电流的折磨。

时间艰涩地流淌着，实验结果出来了。在同等频率同等强度电流的打击下，那只不停掀动压杆疲于奔命的甲猴子，由于沉重的心理负担，得了“胃溃疡”。那只听天由命无能为力的乙猴子，安然无恙……

假若是你，愿做布雷迪实验里的哪一只猴子?朋友问。

我说，我是人，我不是猴子。

朋友说，这只是一个比方。其实旋转的现代社会和这个实验有很多相同之处，频繁的刺激接踵而来，人们生活在目不暇接的紧张打击之中。大家拼命地在预防伤害，采取种种未雨绸缪的手段。殊不知某些伤害正是在预防之中发生的，人为的干预常常弄巧成拙适得其反……所以人们有时需要无奈，需要阿Q，需要随波逐流，需要无动于衷听其自然……

我说，我对这个经典的心理学实验没有发言权。如果布雷迪先生只是借此证明强大的心理压力可以致病，无疑是正确的。

停了一会儿，我对她说，你刚才问假如是我，会在猴子中做怎样的选择。经过考虑，我可以回答你——我愿意做那只得了“胃溃疡”，仍在不断掀动压杆的猴子。

朋友惊讶地笑了，说，为什么？她问过许多人，他们都愿做那只无助而健康的猴子。

我说，那只无助的猴子健康吗？每隔20秒钟准时到来的电击，是无法逃脱的，不以个人意志为转移的恶性刺激，日复一日，终有一天会瓦解意志和身体，让它精神失常或者干脆得上癌症。它暂时还没有生病，那是因为它的同伴不断地掀动压杆，为它挡去了许多次打击。在别人的护翼下活着，把自己的幸运建筑在他人的辛苦与危险中，我无法安心与习惯。

再说那只无法逃避责任的甲猴，既然发现了可以取消一次电击的办法，它继续摸索下去，也许能寻找出更有效的法子，求得更长久的平安。压下去，拖延时间，也许那放电的机器会烧坏，通电的线路会折断，椅子会倒塌，地震会爆发……形形色色的意外都可能发生，只要坚持下去就有希望。

一百种可能性在远方闪光，避免一次电击，就积累了一次经验。也许实践会使它渐渐熟练起来，心情不再紧张悲苦，把揿动压杆只当成简单的游戏……不管怎么说，行动比单纯的等待更有力量。一味地顺从与观望，办法绝不会从天上掉下来。

当然，最大的可能是无望，呕血的猴子无奈地揿动压杆到最后一刻……即使是这样，那我也绝不后悔。

因为——

假如我和那一只猴子是朋友，我愿意把背负的重担留给自己。

假如我和那一只猴子是路人，我遵照我喜爱探索的天性行事。

假如我和那一只猴子是敌手，我会傲然地处置自己的生命，不在对方的庇荫下苟活。

所以，天造地设，我只能做那只得“胃溃疡”的猴子了。

从伊甸园带走的礼物

亚当和夏娃从伊甸园离开的时候，带走了两样礼物。这是两样什么东西呢？我考过一些人。有人说，是树叶吧？夏娃既然已经穿在身上了，当然要带着走。有人说，是那个唆使他们吃了智慧树上果子的坏蛋，为了报仇雪恨，要不然凡间为什么会有各式各样的毒蛇？还有人说，一定是个苹果核。夏娃既然吃了果子，觉得香甜可口，肯定要把种子偷偷掖在身上……

正确的答案是：上帝震怒，要把亚当和夏娃赶出伊甸园。亚当俯视了一眼尘寰，看到万千磨难险象环生，怕自己和夏娃凄苦难熬，恳请上帝慈悲，送他们几种消灾免难的法宝。上帝想了一下，说，好吧，就送你们两样东西吧。一个是休息日，另一个是眼泪。于是，亚当和夏娃携带着上帝最后的礼物，从温暖美丽的伊甸园坠入水深火热的人间。

初次听到这个故事的时候，我还年轻。觉得上帝实在小气，休息是自己的，眼泪也是自己的，还用得着您老人家馈赠吗？完全可以自产自销。累了，就躺倒休息；伤心了，就放声哭泣，这有什么难的？如何能算礼物呢？太简陋寒酸了，不如送来更浓的芬芳和更脆甜的瓜果。

年岁渐长，又做了心理医生，从自己的苦恼和他人的困惑中，才悟出休息和眼泪真是无与伦比的宝贝。

休息是什么呢？是山高路远跋涉其间喝茶的闲暇，是无所事事坐看星辰秋风落叶的散淡，是百无聊赖的伸长懒腰和迷迷瞪瞪的困倦，是三五死党鸡零狗碎的游走和闲谝……这指的是懈怠的休息。还有一种更奋不顾身的休息，到高处攀登，到深海潜藏，从苍穹坠落，与猛兽同眠……求的是冷汗涔涔的刺激，收获的是惊世骇俗的风险，甚至搭上了性命也在所不辞。无论休息的外套怎样千变万化，有一个共性永存其中——那就是它真的什么也不创造，除了快乐。它什么都消耗，最主要的是时间和金钱。

再说说眼泪吧。人可以因为各种原因流眼泪，包括大喜过望和义愤填膺的时刻。眼泪几乎是除了大小便，我们能主动排泄的唯一体液了。不信你试试，如果不是火热的劳动和过度的紧张，你想命令自己出汗，并非易事。

眼泪是从最靠近我们大脑的双眼之穴涌流出来的，单单这一点，就让人充满了奇妙和敬畏。眼泪可以把我们恶劣的心境和强烈的情感，溶解在其中，将那些毒素排出，而将圣洁和宁静沉淀下来还给我们。泪水冲刷洗涤着昏暗的双眸，让它们恢复清洁和明亮。它是心灵火山爆发的岩浆，苦涩之水前赴后继地滴落，需要大量新鲜的血液涌入大脑。脉管偾张血流澎湃，就像黄河水漫灌了苦旱的平川地，于是万物复苏草木葱茏，思考的藤蔓随之萌芽延展。

现代人放弃休息鄙夷眼泪，他们以为这是不值一提的废物，如同办公室里被粉碎了的过期纸渣。将休息从自己的日程表中放逐，其实是一种慢性自杀。号称从来都不流一滴眼泪的硬汉子，说得悲惨点儿，就是被阉割了情感的怪物。

让我们在该休息的时候休息，在该流泪的时候哭泣。这不是上帝送给亚当和夏娃的礼物，而是你自己传给自己的生命秘籍。

情感按钮

情感有按钮吗？

常常想，却没有答案。

人们很爱说，你不要感情用事，那神情像是在上书一个君主，不要起用一个坏武将。因为情感出马的时候，是莽撞的、不经思考的、没有胜算的，甚至是一败涂地的。情感在这里成了不折不扣的贬义词。

情感真的是贬义的吗？如果真的是，那么就应该——把人五颜六色的情感都阉割了，变成一架没有情感的素白骨骼。

然而，这个世界上已经有了太多的机器，缺少的正是有血有肉有风骨有情愫有气节有慈悲的汉子和女子啊！

不信，咱们打个赌试试。

你愿意娶一个没有情感的女子吗？恐怕绝大多数的男子会说：不！

你愿意嫁一个没有情感的汉子吗？几乎所有的女子都会说：不！

你愿意生一个没有情感的孩子吗？不！不！我猜这是无数母亲的唯一答案。

你愿意有一个没有情感的母亲吗？不！绝不！我断定所有的孩子都会这样回答。

你愿意在没有情感的老师麾下当学生吗？学生们一定异口同声地说：不！

你愿意在没有情感的老板手下当员工吗？不！员工们会谨慎而坚定地作答。

你愿意在没有情感的国度里生活吗？不！不！几乎所有的公民都会这样说！

人们这样需要情感，情感看来是万万少不了的。

但情感也需有节制。所有的事物都要有节制，超过了限制就是灾难。涓涓溪流是美丽的，不断地加大流量，成了滔滔洪水就是祸端。暖暖春光是惬意的，热下去再热下去，温度不断升高，成了烈火焚烧就是酷刑。适当的愤怒，适当的哀伤，适当的哭泣，适当的欢喜……如果它们的力度是恰到好处的，那么每一种情感，都是动力，都会让我们的生活丰富多彩，充满连绵不绝的激情与活泼的张力。

可惜，情感的特征就是不受控制。在某种程度上，它我行我素，自说自话，如同脱缰的野马，洒脱不羁。所以，给情感安上一个按钮，就是非常必要的了。

情感按钮，它应该是圆的还是方的？什么颜色呢？谁来掌控呢？

依我看，情感按钮最好是液晶屏的，轻轻一触，不显山不露水地就完成了操作。如果你想发火，在别人还没有发现的当儿，你就在第一瞬间，觉察到了这喷薄欲出的火苗来自何方。你会问自己，除了发火，我还有没有更好的表达方式？面前的这个人、这个时间、这个地点，是不是我发泄愤怒的最好对象与时空？发火除了让我有片刻的快意以外，会不会造成更长远的伤害和后果？如果你将这一切都考虑周全了，你还是想勃然大怒，我觉得那就让火山爆发一次吧。这就像你的武器库里有一枚原子弹，你就是超级大国的总统，你有权按动按钮。只是所有的爆炸都是有强大破坏力的，你可以炸毁邪恶，也可能粉碎自我。如果你悲痛欲绝，你是可以哭的。不但可以无声地哭泣，也可以声震寰宇号啕痛哭。情感没有对错之分，只有存在与否。既然存在了，就要像对付堰塞湖一样，挖一条导流渠，让危险的库容降低，能缓慢地释放最好。实在不行了，也要爆破，总之，宜疏不宜堵。不然，所有的情感都蕴藏着巨大的能量，一旦失去控制，就会电闪雷鸣风驰电掣地狂泻起来，那就极容易溃坝伤人。

情感按钮的形状，我觉得最好是椭圆形的。关于圆形的好处，各种书上都有解释，有说这样最省材料，有说这样最美观，还有说这样最方便的。关于椭圆形的好处，讲得似乎不多。椭圆形，应该是圆形的弟弟吧？先有了圆形，然后圆形在某种压力下，就变成了椭圆形。圆形的所有优点它都保存着，只是比圆形更多了一些灵活变通。我喜欢椭圆形的原因是，它没有棱角，从任何方向抚摸起来，都是妥帖的、流畅的、简便的。既然我们的情感需要控制，那么这个按钮，当然以便利快捷温润周全为好。

如果要给情感按钮规定一种颜色，什么色儿好呢？红色，太鲜艳了，如果是火冒三丈的时候，这本身就是一个强烈的刺激。要不，黄色？想想，似乎太触目惊心了一些。想那海难的救生衣，道路的危险警示，都是或深或浅加入了一些红橙的黄。刚一看到，就让人警觉，甚至有不祥的预感。情感的按钮，还是更祥和一些吧。要不就绿色？环保并且时尚。细一琢磨，似乎稍微稚弱和青翠了些，不够坚定强韧。思来想去，最后决定取沧海和蓝天的色泽。

情感按钮，就用包容一切的蓝吧。海水的蔚蓝，翻起的浪花是雪白的，如同硕大无朋的蓝宝原石，镶着银亮而曲折的边。我乘坐游轮环球旅行，每日看不够的就是无边无际的大海了。我惊叹这个星球上有那么多的水，那么广阔的蓝色，而且，它们绝不单调枯燥，而是变幻无穷。不知哪里来的不竭动力，它们无时无刻不在充满胜利地涌动着，含蓄但深不可测。中国有句古话，叫作“仁者乐山，智者乐水”。我因为从小就在西藏当兵，和无数山峦相依为命，虽不敢自诩为仁者，却是爱山的，如同爱一位同宿舍的老友。这一次，见了真正浩渺无际奔腾不息的大海，才知道自己是多么崇拜水啊！不是智者，但是爱水，爱这孕育了无数生灵的颜色。

物种的起源，是来自水的。想当初，我们都是最简单的孢子，遨游水中。我们从海洋那里得到了最初的营养，开始了步履蹒跚的进化长征。如今我们成了这个星球上最智慧的生物，我们也面临着巨大的危机。看到海洋的时候，我们的心会宁静下来，在它面前，我们是如此渺小而单薄，比一朵浪花的生涯更短暂飘忽。一朵浪花的前世今生，可能进过鱼腹，可能幻成彩霞，可能成为雨滴和寒露，可能在蚌壳的体内变成珍珠……很多人的一生，绝无这般精彩绚丽。

还是回到情感按钮这里吧。我们每个人都在自己的情感之河上竖立一座水闸，它有一个蓝色的椭圆形的如同海洋之眼的按钮。当你无法控制自己情绪的时候，就轻轻地触摸它，它是光洁温凉的，带给你镇定和松弛。如果你真的要放纵一次自己的情绪，就请在慎重思考之下，把按钮按下。如果你在这样的触摸中渐渐地冷静下来，找到了另外的出口，那么，恭喜你啊，避免了一场情绪的厮杀。

发出声音永远是有用的

有一年，我应邀到一所中学演讲。中国北方的农村，露天操场，围坐着几千名学生，他们穿着翠蓝色的校服，脸蛋呈现出一种深紫的玫瑰红色。冬天，很冷。

我从不曾在这样冷的地方讲过这么多的话。虽然，我以前在西藏待过，经历过−40℃的严寒，但那时军人们急匆匆像木偶一般赶路，缄口不语，说话会让周身的热量非常快地流失。这一次，吸进冷风，呼出热气，在腊月的严寒中面对着一群眼巴巴望着我的农村少年谈人生和理想，我口中吐冒一团团的白气，像老式的蒸汽火车头。

演讲完了，我说，谁有什么问题，可以写个纸条。这是演讲的惯例，我有什么地方说得不妥当，请大家指正。孩子们掏出纸笔，往手心哈一口热气，纷纷写起来。老师们很负责地在操场上穿行，收集纸条。

我打开一张纸条，上面写着：我很生气，这个世界是不平等的。比如，我为什么是一个女孩呢？我的爸爸为什么是一个农民，而我同桌的爸爸却是县长？为什么我上学要走那么远的路，我的同桌却坐着小汽车？为什么我只有一支笔，他却有那么大的一个铅笔盒???

我看着那一排钩子一样的问号，心想，这是一个充满了愤怒的女孩，如果她张嘴说话，一定像冲出了一股乙炔，空气都会燃起蓝白的火苗。

我大声地把她写的条子念了出来。那一瞬，操场上很静很静，听得见遥远的天边，有一只小鸟在嘹亮地歌唱。我从台子上望下去，一双双乌溜溜的眼珠，在玫瑰红色的脸蛋上瞪得溜圆，还有人东张西望，估计他们在猜测纸条的主人。

据说孩子们在妈妈的肚子里，就能体会到母亲的感情。很多女孩子从那个时候起，就感受到了这个世界的不平等，因为你不是一个男孩，你不符合大家的期望。

这有什么办法吗？没有。起码在现阶段，没有办法改变你的性别，你只有认命。我在这里说的“命”，不是虚无缥缈的命运，而是指你与生俱来的一些不能改变的东西。比如你的性别，比如你的相貌，比如你的父母，比如你降生的时间、地点……总之，在你出生以前就已经具备的这些东西，都不是你所能左右的，你只能安然接受。

不要相信对你说这个世界是平等的那些话，在现阶段，这只是一厢情愿。不过，你不必悲观丧气，其实，世界已经渐渐在向平等的灯塔航行。比如一百年前，你能到学堂里来读书吗？你很可能裹着小脚，在屋里低眉顺眼地学做女红。县长的儿子，在那个时候，要叫作县太爷的公子了，你怎么可能和他成为同桌？在争取平等的路上，我们已经出发了。记住，没有什么人能承诺和担保你一生下来，就享有阳光灿烂的平等。你去看看动物界，就知道平等是多么罕见了。平等是人们智慧的产物，是维持最大多数人安宁的策略。你明白了这件事情，就会少很多愤怒，多很多感恩。你已经享受了很多人奋斗的成果，你的回报，就是继续努力，而不是抱怨。

身为女子，你不要对这样的不平等安之若素，你可以发出声音。说了和没有说，在暂时的结果上可能是一样的，但长远的感受和影响是不一样的，对你性格的发展是不一样的。而且，只要你不断地说下去，事情也许就会有变化。记住，发出声音永远是有用的，因为它们可能会被听到并引发改变。

说实话，让一个受到忽视的女孩子，很小就发出对自己不公平待遇的呐喊，几乎是不可能的。但我思索再三，还是决定保留这个期望。因为今天的女孩，也可能变成明天的母亲。如若她们因循守旧，照样端起了不平等的衣钵，如若她们的女儿发出呼声，也许能触动她们内在的记忆，事情就有可能发生变化。当然了，如果女孩子长大了，到了公共场合，这一条就更要记住并择机实施。记住，呐喊是必需的，就算这一辈子无人听见，回声也将激荡久远。

我很重要

当我说出“我很重要”这句话的时候，颈项后面掠过一阵战栗。我知道这是把自己的额头裸露在弓箭之下了，心灵极容易被别人的批判洞伤。

许多年来，没有人敢在光天化日之下表示自己“很重要”，我们从小受到的教育都是——“我不重要”。

作为一名普通的士兵，与辉煌的胜利相比，我不重要。

作为一个单薄的个体，与浑厚的集体相比，我不重要。

作为一位奉献型的女性，与整个家庭相比，我不重要。

作为随处可见的人的一分子，与宝贵的物质相比，我不重要。

当我在国外的一份刊物上看到“一个人的价值胜于整个世界”的口号时，曾大惑不解。

我们——简明扼要地说，就是每一个单独的“我”——到底重要还是不重要?

我是由无数星辰日月草木山川的精华汇聚而成的。只要计算一下我们一生吃进去多少谷物，饮下了多少清水，才凝聚成一具完美的躯体，我们一定会为那数字的庞大而惊讶。平日里，我们尚要珍惜一粒米、一叶菜，难道可以对亿万粒菽粟亿万滴甘露濡养出的万物之灵，掉以丝毫的轻心吗?

当我在博物馆里看到北京猿人窄小的额和前凸的嘴时，我为人类原始时期的粗糙而黯然。他们精心打制出的石器，在今天看来不过是极简单的玩具。如今很幼小的孩童，就能熟练地操纵语言，我们才意识到人类已经在进化之路上前进了多远。我们的头颅就是一部历史，无数祖先进步的痕迹储存于脑海深处。我们是一株亿万年苍老树干上最新萌发的绿叶，不单属于自身，更属于土地。人类的精神之火，是连绵不断的链条，作为精致的一环，我们否认了自身的重要，就是推卸了一种神圣的承诺。

回溯我们诞生的过程，两组生命基因的嵌合，更是充满人所不能把握的偶然性。我们每一个个体，都是机遇的产物。

常常遥想，如果是另一个男人和另一个女人，就绝不会有今天的我……

即使是这一个男人和这一个女人，如果换了一个时辰相爱，也不会有此刻的我……

即使是这一个男人和这一个女人在这一个时辰，由于一片小小落叶或是清脆鸟啼的打搅，依然可能不会有如此的我……

一种令人怅然以至走入恐惧的想象，像雾霭一般不可避免地缓缓升起，模糊了我们的来路和去处，令人不得不断然打住思绪。

我们的生命，端坐于概率垒就的金字塔的顶端。面对大自然的鬼斧神工，我们还有权利和资格说“我不重要”吗？

对于我们的父母，我们永远是不可重复的孤本。无论他们有多少儿女，我们都是独特的。

假如我们不存在了，他们就空留一份慈爱，在风中蛛丝般无以附丽地飘荡。

假如我们生了病，他们的心就会皱缩成石块，无数次向上苍祈祷我们的康复，甚至愿灾痛以十倍的烈度降临于他们自身，以换取我们的平安。

我们的每一滴成功，都如同经过放大镜，进入他们的瞳孔，摄入他们的心底。

假如我们先他们而去，他们的白发会从日出垂到日暮，他们的泪水会使太平洋为之涨潮。

面对这无法承载的亲情，我们还敢说“我不重要”吗？

我们的记忆，同自己的伴侣紧密地缠绕在一处，像两种混淆于一碟的颜色，已无法分开。你原先是黄，我原先是蓝，我们共同的颜色是绿，绿得生机勃勃，绿得青翠欲滴。失去了妻子的男人，胸口就缺少了生死攸关的肋骨，心房裸露着，随着每一阵轻风滴血。失去了丈夫的女人，就是齐唰唰崩断的琴弦，每一根都在雨夜长久地自鸣……

面对相濡以沫的同道，我们忍心说“我不重要”吗?

俯对我们的孩童，我们是至高至尊的唯一。我们是他们最初的宇宙，我们是深不可测的海洋。假如我们隐去，孩子就永失淳厚无双的血缘之爱，天倾西北，地陷东南，万劫不复。盘子破裂可以黏合，童年碎了永不复原。伤口流血了，没有母亲的手为他包扎；面临抉择，没有父亲的智慧为他谋略……面对后代，我们有胆量说“我不重要”吗?

与朋友相处，多年的相知，使我们仅凭一个微蹙的眉尖、一次睫毛的抖动，就可以明了对方的心情。假如我不在了，就像计算机丢失了一份不曾复制的文件，她的记忆库里留下了不可填补的黑洞。夜深人静时，手指在揿了几个电话键码后，骤然停住，那一串数字再也用不着默诵了。逢年过节时，她写下一沓沓的贺卡。轮到我的地址时，她闭上眼睛……许久之后，她将一张没有地址只有姓名的贺卡填好，在无人的风口将它焚化。

相交多年的密友，就如同沙漠中的古陶，摔碎一件就少一件，再也找不到一模一样的成品。面对这般友情，我们还好意思说“我不重要”吗？

我很重要。

我对于我的工作我的事业，是不可或缺的主宰。我的独出心裁的创意，像鸽群一般在天空翱翔，只有我才捉得住它们的羽毛。我的设想像珍珠一般散落在海滩上，等待着我把它用金线拴起。我的意志向前延伸，直到地平线消失的远方……

没有人能替代我，就像我不能替代别人。

我很重要。

我对自己小声说。我还不习惯嘹亮地宣布这一主张，我在不重要中生活得太久了。

我很重要。

我重复了一遍，声音放大了一点儿。我听到自己的心脏在这种呼唤中猛烈地跳动。

我很重要。

我终于大声地对世界这样宣布。片刻之后，我听到山岳和江海传来回声。

是的，我很重要。我们每一个人都应该有勇气这样说。我们的地位可能很卑微，我们的身份可能很渺小，但这丝毫不意味着我们不重要。重要并不是伟大的同义词，它是心灵对生命的允诺。

对于一株新生的树苗，每一片叶子都很重要。对于一个孕育中的胚胎，每一段染色体碎片都很重要。甚至驰骋寰宇的航天飞机，也可以因为一个密封橡皮圈的疏漏而凌空爆炸——你能说它不重要吗?

人们常常从成就事业的角度，断定我们是否重要。但我要说，只要我们时刻在努力着，为光明在奋斗着，我们就是在无比重要地生活着。

让我们昂起头，对着我们这颗美丽的星球上无数的生灵，响亮地宣布——

我很重要。

谁是你的重要他人？

“重要他人”是一个心理学名词，是指在一个人心理和人格形成的过程中，起过巨大的影响甚至是决定性作用的人物。

“重要他人”可能是我们的父母长辈，或者是兄弟姐妹，也可能是我们的老师，抑或是萍水相逢的路人。童年的记忆遵循着非常玄妙神秘的规律，你着意要记住的事情和人物，很可能湮没在岁月的灰烬中，但某些特定的人和事，却挥之不去，影响我们的一生。如果你不把它们寻找出来，并加以重新认识和把握，它们就可能像一道符咒，在下意识的海洋中潜伏着，影响潮流和季风的走向。你的某些性格和反应模式，由于“重要他人”的影响，而被打上了深深的烙印。

这段话有点拗口，还是讲个故事吧。故事的主人公是我和我的“重要他人”。

她是我的音乐老师，那时很年轻，梳着长长的大辫子，有两个漏斗一样深的酒窝，笑起来十分清丽。当然，她生气的时候酒窝隐没，脸绷得像一块苏打饼干，木板样干燥，很是严厉。那时我大约11岁，个子很高，是大队委员，也算个孩子里的小官，有很强的自尊心和虚荣心。

学校组织“红五月”歌咏比赛，要到中心小学参赛，校长很重视，希望歌咏队能拿个好名次，为校争光。最被看好的是男女生小合唱，音乐老师亲任指挥，每天下午集中合唱队的同学们刻苦练习。我很荣幸被选中，每天放学后，在同学们羡慕的眼光中，走到音乐教室，引吭高歌。

有一天练歌的时候，长辫子的音乐老师突然把指挥棒一丢，一个箭步从台上跳下来，东瞄西看。大家不知所以，齐唰唰闭了嘴。她不耐烦地说，都看着我干什么？唱！该唱什么唱什么，大声唱！说完，她侧着耳朵，走到队伍里，歪着脖子听我们唱歌。大家一看老师这么重视，就唱得格外起劲。

长辫子老师铁青着脸转了一圈儿，最后走到我面前，做了一个停止的手势，整个队伍瞬间安静下来。她叉着腰，一字一顿地说，我在指挥台上总听到一个人跑调儿，不知是谁。我走下来一个人一个人地听，总算找出来了，原来就是你！一颗老鼠屎坏了一锅汤！现在，我把你除名了！

我木木地站在那里，无法接受这突如其来的打击。刚才老师在我身旁停留得格外久，我还以为她欣赏我的歌喉，唱得分外起劲儿，不想却被抓了个“现行”。我灰溜溜地挪出了队伍，羞愧难当地走出教室。

那时的我，基本上还算是一个没心没肺的女生，既然被罚下场，就自认倒霉吧。我一个人跑到操场上，找了个篮球练起来，给自己宽心道，嗨，不要我唱歌就算了，反正我以后也不打算当女高音歌唱家，还不如练练球，出一身臭汗，自己闹个筋骨舒坦呢！（嗨！小小年纪，已经学会了中国小老百姓传统的精神胜利法）这样想着，幼稚而好胜的心也就渐渐平和下来。

三天后，我正在操场上练球，小合唱队的一个女生气喘吁吁跑来说，原来你在这里，音乐老师到处找你呢！

我奇怪地说，找我干什么？

那女生说，好像要让你重新回队里练歌呢！

我挺纳闷儿，不是说我走调走得厉害，不要我了吗？怎么老师又改变主意了？对了，一定是老师思来想去，觉得还可用。从操场到音乐教室那几分钟路程，我内心充满了幸福和憧憬，好像一个被发配的清官又被皇帝从边关召回来委以重任，要高呼“老师圣明”了。走到音乐教室，我看到的是挂着冰霜的“苏打饼干”。长辫子老师不耐烦地说，你小小年纪，怎么就长了这么高的个子？

我听出话中的谴责之意，不由自主就弓了脖子塌了腰。从此这个姿势贯穿了我整个少年和青年时代，总是略显驼背。

老师的怒气显然还没发泄完，她说，你个子这么高，唱歌的时候得站在队列中间，你跑调儿，我还得让另外一个男生也下去，声部才平衡。人家招谁惹谁了？全叫你连累的，上不了场！

我深深地低下了头，本来以为只是自己的事，此刻才知道还把一个无辜者拉下水，实在无地自容。长辫子老师继续数落，小合唱本来就没有几个人，队伍一下子短了半截，这还怎么唱？现找这么高个子的女生，合上大家的节奏，哪儿那么容易？现在，只剩下最后一个法子了……

老师看着我，我也抬起头，重燃希望。我猜到了老师下一步的策略，即便她再不愿意，也会收我归队。我当即下决心要把跑了的调儿扳回来，做一个合格的小合唱队队员！

我眼巴巴地看着长辫子老师，队员们也围了过来，在一起练了很长时间的歌，彼此都有了感情。我这个大嗓门儿走了，那个男生也走了，音色轻弱了不少，大家也都欢迎我们归来。

长辫子老师站起来，脸绷得好似新纳好的鞋底。她说，你听好，你人可以回到队伍里，但要记住，从现在开始，你只能干张嘴，绝不可以发出任何声音！说完，她还害怕我领会不到位，伸出修长的食指，笔直地挡在我的嘴唇间。

我好半天才明白了长辫子老师的禁令——让我做一个只张嘴不出声的木头人。泪水憋在眼眶里打转，却不敢流出来。我没有勇气对长辫子老师说，如果做傀儡，我就退出小合唱队。在无言的委屈中，我默默地站到了队伍中，从此随着器乐的节奏，口形翕动，却不得发出任何声音。长辫子老师还是不放心，只要一听到不和谐音，锥子般的目光第一个就刺到我身上……

小合唱在“红五月”歌咏比赛中拿了很好的名次，只是我从此遗下再不能唱歌的毛病。毕业的时候，音乐考试要每个学生唱一支歌，但我根本发不出自己的声音。音乐老师已经换人，并不知道这段往事，她很奇怪，说，我听你讲话，嗓子一点毛病也没有，怎么就不能唱歌呢？如果你坚持不唱歌，你这一门没有分数，你不能毕业。

我含着泪说，我知道。老师，不是我不想唱，是我真的唱不出来。老师看我着急成那样，料我不是成心捣乱，只好特地出了一张有关乐理的卷子给我，我全答对了，才算有了这门课的分数。

后来，我报考北京外语学院附中，口试的时候，又遇到考唱歌。我非常决绝地对主考官说，我不会唱歌。那位学究气的老先生很奇怪，问，你连《学习雷锋好榜样》也不会？那时候，全中国的人都会唱这首歌，我要是连这也不会，简直就是白痴。但我依然很肯定地对他说，我不唱。主考官说，我看你胳膊上戴着三道杠，是个学生干部。你怎么能不会唱？当时我心里想，我豁出去不考这所学校了，说什么也不唱。我说，我可以把这首歌的歌词默写出来，如果一定要测验我，就请把纸笔找来。那老人居然真的去找纸笔了……我抱定了被淘汰出局的决心，拖延时间不肯唱歌，和那群严谨的考官们周旋争执，弄得他们束手无策。没想到发榜时，他们还是录取了我。也许是我一通胡搅蛮缠，使考官们觉得这孩子没准以后是个谈判的人才吧？入学之后，我迫不及待地问同学们，你们都唱歌了吗？大家都说，唱了啊，这有什么难的。我可能是那一年北外附中录取新生中唯一没有唱歌的孩子。

在那以后几十年的岁月中，长辫子老师那竖起的食指，如同一道符咒，锁住了我的咽喉。禁令铺张蔓延，到了凡是需要用嗓子的时候，我就忐忑不安，逃避退缩。我不单再也没有唱过歌，就连当众演讲和出席会议做必要的发言，都会在内心深处引发剧烈的恐慌。我能躲则躲，找出种种理由推托搪塞。会场上，眼看要轮到自己发言了，我会找借口上洗手间溜出去，招致怎样的后果和眼光，也完全顾不上了。有人以为这是我的倨傲和轻慢，甚至是失礼，只有我自己才知道，是内心深处不可言喻的恐惧和哀痛在作祟。

直到有一天，我在做“谁是你的重要他人”这个游戏时，写下了一系列对我有重要影响的人物之后，脑海中不由自主地浮现出了长辫子音乐老师那有着美丽的酒窝却像铁板一样森严的面颊，一阵战栗滚过心头。于是我知道了，她是我的“重要他人”。虽然我已忘却了她的名字，虽然今天的我以一个成人的智力，已能明白她当时的用意和苦衷，但我无法抹去她在一个少年心中留下的惨痛记忆，烙红的伤痕直到数十年后依然冒着焦煳的青烟。

弗洛伊德精神分析学派认为，“重要他人”的伤害，即使在那些被精心照料的儿童心里也会留下创伤。因为按照儿童智力发展的规律，当他们幼小的时候，不能够完全明辨所有的事情，以为那都是自己的错。

孩子的成长，首先是从父母的瞳孔中确认自己的存在。他们稚弱，还没有独立认识世界的能力。如同发育时期的钙和鱼肝油会进入骨骼一样，“重要他人”的影子也会进入儿童的心理年轮。“重要他人”说过的话、做过的事、他们的喜怒哀乐和行为方式，会以一种近乎魔法的力量，种植在我们心灵最隐秘的地方，生根发芽。

在我们身上，一定会有“重要他人”的影子。

美国有一位著名的电视主持人，叫作奥普拉·温弗瑞。2003年，她登上了《福布斯》身价超过十亿美元的“富豪排行榜”，成为黑人女性获得巨大成功的代表。

父母没有结婚就生下了她，从小住的房子连水管都没有。一天，温弗瑞正躲在屋角读书，母亲从外面走进来，一把夺过她手中的书，破口大骂道，你这个没用的书呆子，把你的屁股挪到外面去！你真的以为你有什么了不起？你这个白痴！

温弗瑞9岁就被表兄强奸，14岁怀了身孕，孩子出生后就死了。温弗瑞自暴自弃，开始吸毒，然后又暴饮暴食，吃成了一个大胖子，还曾试图自杀。那时，没有人对她抱有希望，包括她自己。就在这时，她的生父对她说：

有些人让事情发生。

有些人看着事情发生。

有些人连发生了什么都不知道。

极度空虚的温弗瑞开始挣扎奋起，她想知道自己的生命中究竟有些什么样的事情会发生。她要顽强地去做“让事情发生的人”。大学毕业之后，她获得了一个电视台主持人的职位。1984年，她开始主持《芝加哥早晨》，大获成功，在很短的时间里成为全美收视率最高的节目。她开始发动全国范围内的读书节目，她对书的热爱和她的影响力，改变了很多书的命运。只要她在自己的脱口秀节目里对哪本书给予好评，那本书的销量就会节节攀升。

温弗瑞成立了自己的公司，创办了畅销杂志，还参股网络公司。她乐善好施的名声和她的节目一样响亮，她每年都把自己收入的10%用于慈善捐助。温弗瑞亲手推动了太多的事情发生，她认为这主要来源于父亲的那句话。

如果让温弗瑞写下她的“重要他人”，温弗瑞的父亲一定是首选。他不但给予了温弗瑞生命，而且给予了她灵魂。温弗瑞的母亲也算一个，她以精神暴力践踏了幼小的温弗瑞对书籍的热爱，潜藏的愤怒在蛰伏多年之后变成了不竭的动力，使成年以后的温弗瑞，以极大的热情投入和书籍有关的创造性劳动之中，不但自己读了大量的书，还不遗余力地把好书推荐给更多的人。那个侮辱侵犯了温弗瑞的表哥，也要算作她的“重要他人”，这直接导致了温弗瑞的巨大痛苦和放任自流，也在很多年后，主导了温弗瑞执掌财富之后，把大量的款项用于慈善事业，特别是援助儿童和黑人少女。

看，“重要他人”就是如此影响个人的生活和命运。

美国通用电气公司的CEO杰克·韦尔奇，被誉为全球第一CEO。在短短20年里，韦尔奇使通用电气的市值增加了30多倍，达到了4500亿美元，排名从世界第十位升到了第二位。韦尔奇说，母亲给他的最伟大的礼物就是自信心。韦尔奇从小就口吃，就是平常所说的“结巴”。在大学读书的时候，每逢星期五，天主教徒是不准吃肉的，所以在学校的餐厅里，韦尔奇经常会点一份烤面包夹金枪鱼。奇怪的是，女服务员端上来的都是两份。为什么呢？因为韦尔奇结巴，总是把这份食谱的第一个单词重复一遍，服务员就听成了“两份金枪鱼”。

面对这样一个吭吭哧哧的孩子，韦尔奇的母亲居然找出了一个完美的理由。她对幼小的韦尔奇说：“这是因为你太聪明了，没有任何一个人的舌头，可以跟得上你这样聪明的脑袋。”

韦尔奇记住了母亲的这种说法，从未对自己的口吃有过丝毫的忧虑。他充分相信母亲的话，他的大脑比他的舌头转得更快。母亲引导着韦尔奇不断进取，直到他抵达辉煌的顶峰。母亲是韦尔奇的“重要他人”。

再讲一个苹果的故事。准确地说，是两个苹果的故事。一位妈妈有两个孩子，她拿出两个苹果。苹果一个大一个小，妈妈让两个孩子自己来挑。大儿子很想要那个大苹果，正想着怎么说才能得到这个苹果，弟弟先开了口，说，我想要大苹果。妈妈呵斥道，你想要大的苹果，你不能说。这个大儿子灵机一动，改口说，我要这个小苹果，大苹果就给弟弟吧。妈妈说，这才是好孩子。于是，妈妈就把小苹果给了小儿子，大儿子反倒得到了又红又大的苹果。大儿子从妈妈这里得到了一条人生的经验：你心里的真心话不可以说，你要把真实掩藏起来。后来，这个大儿子就把从分苹果中得到的道理应用于自己的生活，见人只说三分话，要阴谋使诡计，巧取豪夺，直到有一天把自己送进了监狱。这位成了犯人的大儿子，如果写下自己的“重要他人”，我想他会写下妈妈。

还有一位妈妈，有一个大苹果和三个孩子，也是人人都想得到大苹果。妈妈把苹果拿在手里，说，苹果只有一个，你们兄弟这么多，给谁呢？我把门前的草坪划成了三块，你们每人去修剪一块草坪。谁修剪得又快又好，谁就能得到这个大苹果。

众兄弟中的老大得到了大苹果。他从中悟出的生活哲理是——享受要靠辛勤的劳动换取。

这个信念指导着他，直到他最后走进了白宫，成为著名的政治家。如果由他来写下自己的“重要他人”，妈妈也会赫然在列。

看了以上的例子，你是不是对“重要他人”的重要性有了进一步的认识？也许有的人会说，我儿时的记忆早已模糊，不记得什么他人不他人的了。我现在的所作所为，都是我自己决定的，和其他人没关系。

这个说法有一定的道理，在我们的意识中，很多决定的确是经过仔细思考才做出的。但人是感情动物，情绪常常主导着我们的决定。而情绪是怎样产生的呢？这也和我们与“重要他人”的关系密切相关。

有一位著名的心理学家艾利斯，他认为，人的非理性信念会直接影响一个人的情绪，使他遭受困扰，导致人的很多痛苦。比如，有的人就是绝对需要获得周围环境的认可，特别是获得每一位“重要他人”的喜爱和赞许，但事实上，这是不可能实现的事。有人就是笃信这个观念，把它奉作真理，千辛万苦，甚至委屈自己来取悦“重要他人”，以后还会扩展到取悦更多的人，甚至所有的人，以得其赞赏。结果呢？达不到目的不说，还令自己沮丧、失望、受挫和被伤害。

传统脑神经学认为，每一种情绪都是经过大脑的分析才做出反应的，但近年来，美国的神经科学家却找到了情绪神经传输的栈道。通过深入的研究，科学家们发现，有部分原始信号，是直接从人的丘脑运动中枢发出，引起逃避或是冲动的反应，其速度极快，大脑的分析根本来不及介入。大脑里，有一处记忆情绪经验的地方，叫作杏仁核，它将我们过去遇见事情时的情绪、反应记录下来，好像一个忠实的档案保管员。在以后的岁月中，只要一发生类似事件，杏仁核就会越过大脑的理性分析，直接做出反应。

真是“成也萧何，败也萧何”。杏仁核这支快速反应部队，既会帮助我们在危急时刻成功地缩短应对时间，保全我们的利益，也会在某些时候形成固定的模式，贻误我们的大事。

杏仁核里储存的关于情绪应对的档案资料，不是一时一刻积存的。“重要他人”为什么会对我们产生那么重要的影响？我猜想关于“重要他人”的记忆，是杏仁核档案馆里使用最频繁的卷宗。往事如同拍摄过的底片，储存在暗室，一有适当的药液浸泡，它们就清晰地显影，如同刚刚发生一般，历历在目，相应的对策不经大脑筛选已经完成。

魔法可以被解除。那时你还小，你受了伤，那不是你的错。但你的伤口至今还在流血，你却要自己想法包扎。如果它还像下水道的出口一样嗖嗖地冒着污浊的气味，还对你的今天、明天继续发挥着强烈的影响，那是因为你仍在听之任之。童年的记忆无法改写，但对一个成年人来说，却可以循着“重要他人”这条缆绳，重新梳理我们和“重要他人”的关系，重新审视我们的规则和模式。如果它是合理的，就变成金色的风帆，成为理智的一部分。如果它是晦暗的荆棘，就用成年人有力的双手把它粉碎。这个过程不是一蹴而就的，有时自己完成会力不从心，或是吃力和痛苦，还需要借助专业人士的帮助，比如求助于心理咨询师。

也许有人会说，“重要他人”对我的影响是正面的，正因为心中有了他们的身影和鞭策，我才取得了今天的成绩。这个游戏，并不是要把“重要他人”像拔萝卜一样连根揪出来，然后与之决裂。对我们有正面激励作用的“重要他人”，已经成为我们精神结构的一部分。他们的期望和教诲已化成了我们的血脉，我们永远不会丢弃对他们的信任和仁爱。但我们不是活在“重要他人”的目光中，而是活在自己的努力中。无论那些经验和历史多么宝贵，对于我们来说，已是如烟往事。我们是为了自己而活着，并为自己负起全责。

经过处理的惨痛往事，已丧失实际意义上的控制魔力。长辫子老师那句“你不要发出声音”的指令，对今天的我来说，早已没有辖制之功。

即使在最饱含爱意的环境中长大的孩子，也会存有心理上的创伤。寻找我们的“重要他人”，就是抚平这创伤的温暖之手。

当我把这一切想清楚之后，好像有热风从脚底升起，我能清楚地感觉到长久以来禁锢在我咽喉处的冰霜噼噼啪啪地裂开了，一个轻松畅快的我，从符咒之中解放了出来。从那一天开始，我可以唱歌了，也可以面对众人讲话而不胆战心惊了。从那一天开始，我宽恕了我的长辫子老师，并把这段经历讲给其他老师听，希望他们面对孩子稚弱的心灵，该是怎样地谨慎小心。童年时被烙印的负面情感，是难以简单地用时间的橡皮轻易地擦去的。这就是心理治疗的必要所在。和谐的人格不是从天上掉下来的，而是和深刻的内省有关。

告诉缺水的人哪里有水源，告诉寒冷的人哪里有篝火，告诉生病的人哪里有药草，告诉饥饿的人哪里有野果，这些都是天下最好的礼物。

如果让我选出自己最喜欢的游戏，我很可能要把票投给“谁是你的重要他人”。感谢这个游戏，它在某种程度上改变了我的人生。人的创造和毁灭都是由自己完成的，人永远是自己的主人。即使当他在最虚弱最孤独的时候，他也是自己的主人。当他开始反省自己的状况，开始辛勤地寻找自己的生命所依据的法则时，他就变得渐渐平静而快乐了。

为什么是我？

我会见全美癌症康复中心门诊部的吉妮赖瑞女士。她说，我们这里有各式各样的癌症资料，你对哪些方面最感兴趣呢？我说，因为我自己是女性，所以我对女性的特殊癌症很想多了解一些。吉妮赖瑞说，那我就向你详细介绍乳腺癌中心的工作情况吧。在美国，1999年，共有新发乳腺癌病人18.28万人。每个病人的手术费用是1万美元。政府对40岁以上的乳腺癌病人，每人提供750美元的资助。

乳腺癌是严重危害妇女健康的杀手，是第二号杀手，危害极大。

听着吉妮赖瑞女士的介绍，我叹息说，身为女性，真是够倒霉的了。因为你是女的，因为你的性别，你就要比男人多患这个系统的疾病，而且还不是一般的病患，一发病就这样凶险。

吉妮赖瑞说，是啊，没得过这个病的人都这样想，那些一旦得知自己患了乳腺癌的妇女，她们内心所受的惊恐和震撼，是非常巨大的。除了人最宝贵的生命受到了威胁以外，即使度过了急性期，也还有许许多多的问题摆在面前。有一些癌症，比如肺癌、胃癌，做了手术，除了身体虚弱，从外表上看不出来。但是，乳腺癌就完全不一样了。即使手术非常成功，由于乳腺被摘除，女性的外形发生了极大的变化，曲线消失了，胸口布满了伤疤，肩膀抬不起来，上臂水肿……她会觉得自己不再是个女人了，她不能接受自己的新形象。她的心理上所掀起的风暴，其猛烈的程度，是我们常人难以想象的。患乳腺癌的病人，假如发现得较早，术后一般有较长的存活期，她们面临的社会评价、婚姻调试、就业选择等问题，就会有更多特殊的障碍。也许她这一时想通了，但一遇到风吹草动，沮丧和悲痛又把她打倒了。还有对复发的恐惧，化疗中难以忍受的折磨，头发脱落青春不再……

所以，我们专为乳腺癌病人办的刊物的刊名就叫作——《为什么是我》。

为什么是我？

我轻轻地重复着这个名字。初一听，有点儿不以为然，觉得不像个刊物的名称，不够有力，透着无奈。但又设身处地一想，假如我得知自己患了乳腺癌（我猜大多数人一定是从检验报告中得知的，那一瞬，恐怖而震惊），面对苍穹，发出无望的呻吟和愤怒的控诉，极有可能就是这句凄冷的话——为什么是我？

我说，你们这个刊物的名字起得好。这使那些不幸的妇女，听到了一声好像发自她们内心的呼唤。

吉妮赖瑞说，是啊！孤独感是癌症病人非常普遍的情绪。现代人本来就很孤独，你若得了癌症，更感到自己是世界上最倒霉的人，觉得别人都难以理解你。特别是女性，那一刻的绝望和忧郁，可能比癌症本身对人的摧残更甚。我们首先要帮助病人收集有关的资料，让她们尽快地得到良好的治疗。当然，我们也会推荐她们多走访几家医院，多看几位医生，听听各方面的意见。如诊断无误，就及早做手术。在疾病的早期，信息的收集、沟通和比较，是非常重要的，我们的工作主要集中在这方面。当病人一旦进了手术室，我们就转入下一个步骤。也就是说，当患病的妇女乳房被切掉的那一刻，我们的志愿者就已经等在手术室的门外了。

患病的妇女从麻醉中醒来，都会特别关注自己乳房的情况。这时，我们组织的受过专门训练的护士，开始为她们服务。待到病人的身体渐渐康复，下一步的心理和精神支持就变得更加重要了。

我们的癌症看护中心是一个有着56年历史的机构，和各个医院都有很密切的联系，可以及时得到很多情况。

我们还在报上发表征友启事，建立起乳腺癌病人小组。从我们的经验看，小组的分类越细致越好。乳腺癌本身就有各种分期，早期、中期、晚期……各期病人所遇到的具体困难和对生命的威胁以及其他相关问题，每个人考虑的轻重缓急是不一样的。还有年龄的区别，一个20多岁的白领女性和一个70多岁的贫民老妪，忧虑的问题显然也是不相同的。所以，经过广泛的征集，我们建立起各式各样的乳腺癌康复小组。比如新发的或是复发的；比如有孩子的母亲和还是独身的女性；比如是离异的还是未婚的；比如乳房修复成功的或是不很成功的；比如有乳腺癌家族史的和没有家族史的；比如同是非洲裔或是亚洲裔……

特别是在长期存活的乳腺癌病人当中，遇到的问题就更是常人所不曾遇到的。比如未婚或是离异的乳腺癌病人，是否会结婚或再次结婚？何时交友较为适宜？再婚的风险性如何？怎样与男性约会？在交往的哪一个阶段告知男友自己的乳腺癌病况……

这一番介绍，只听得我瞠目结舌。以我当过医生的经历，想象这些都不是很困难的事情，但最关键的是——我从来也不曾考虑过这些问题。我相信自己在医生当中，绝非是最不负责任的，但我们当医生的，即使是一个好医生，也只是局限在把病人病变的乳房切下来，没有术后感染，我的责任就尽到了。病人出院了，我的责任也就终结了。至于这个病人以后的生活和生存状态，那只有靠她自己挣扎打斗了。有多少泪水曾在半夜湿透衾被？有多少海誓山盟的婚姻在手术刀切下之后砰然而断？

身为女性，身为医生，我为自己的粗疏和冷漠而惭愧，我由衷地钦佩这家机构所做的工作。疾病本身并不是最可怕的，世界上没有一种原因，可以直接导致人的苦闷和绝望。可怕的是人群中的孤独，是那种被人抛弃的寂寞。癌症使人思索很多人生的大问题，它可怕的外表之下，是一个坚硬的哲学命题。你潇潇洒洒随意处置曾以为是无限长的生命，突然被人明确地标出了一个终点。那终点的绳索横亘在那里，阴影紧迫且已经毫不留情地投射过来。人与人的关系，在这天崩地裂的时候，像被闪电照亮，变得轮廓清晰对比分明。灾难是一种神奇的显影剂，把以往隐藏起来的凸现出来，模糊的尖锐起来，朦胧的变得锋利，古旧的娇艳起来。在这种大变故的时候，人是孤单的，人是渺小的，人是脆弱的。

中国有句古话，叫作“人生得一知己足矣”，又说“同病相怜”。我觉得癌症康复中心小组的精髓，就体现了这一点。在茫茫人海中，把相同的人挖掘出来，是一项伟大的工程。也许你正躲在暗处哭泣，但走进一间明亮的房间，你看到一百个和你同样的人、同样的病症，同样的经历、同样的苦恼，然而她们正在微笑，这本身就具有多么大的喜剧意义啊!

这是一个朴素的做法。凡是具有穿透人心的魔力的事件，本身都是朴素的。人们相濡以沫，勇气就在相互的交往中，发酵着、膨胀着，汇成强大的力量。

我谢谢吉妮赖瑞女士的介绍，又从癌症康复中心取了厚厚的材料，我想，在不远的将来，我们也会建立起这样的机构。

行使拒绝权

拒绝是一种权利，就像生存是一种权利一样。

古人说，有所不为才能有所为。这个“不为”，就是拒绝。

人们常常以为拒绝是一种迫不得已的防卫，殊不知它更是一种主动的选择。

纵观我们的一生，选择拒绝的机会，实在比选择赞成的机会，要多得多。因为生命对于我们只有一次，要用唯一的生命成就一种事业，就需在千百条道路中寻觅仅有的花径，我们确定了“一”，就拒绝了九百九十九。

我们无时无刻不是生活在拒绝之中，它出现的频率，远较我们想象的频繁。

你穿起红色的衣服，就是拒绝了红色以外所有的衣服。

你今天上午选择了读书，就是拒绝了唱歌跳舞，拒绝了参观旅游，拒绝了与朋友的聊天，拒绝了和对手的谈判……拒绝了支配这段时间的其他种种可能。

你的午餐是馒头和炒菜，你的胃就等于庄严宣布同米饭、饺子、馅饼和各式各样的煲汤绝缘。无论你怎样逼迫它也是枉然，因为它容积有限。

你选择了律师这个职业，毫无疑问就等于拒绝了建筑师的头衔。也许一个世纪以前，同一块土地还可套种，精力过人的智慧者还可多方向出击，游刃有余。随着现代社会的发展，任何一行都需从业者的全力以赴，除非你天分极高，否则兼作的最大可能性，是在两条战线功败垂成。

你认定了一个男人或是一个女人为终身伴侣，就斩钉截铁地杜绝了这世界上数以亿计的男人和女人。也许他们更坚毅更美丽，但拒绝就是取消，拒绝就是否决，拒绝使你一劳永逸，拒绝让你义无反顾，拒绝在给予你自由的同时，取缔了你更多的自由。拒绝是一条单航道，你开启了闸门，江河就奔腾而下，无法回头。

拒绝对我们如此重要，我们在拒绝中成长和奋进。如果你不会拒绝，你就无法成功地跨越生命。

拒绝的实质是一种否定性的选择。

拒绝的时候，我们往往显得过于匆忙。

我们在有可能从容拒绝的日子里，胆怯而迟疑地挥霍了光阴。我们推迟拒绝，我们惧怕拒绝。我们把拒绝比作困境中的背水一战，只要有一分可能，就鸵鸟式地缩进沙砾。殊不知当我们选择拒绝的时候，更应该冷静和周全，更应有充分的时间分析利弊与后果。拒绝应该是慎重思虑之后一枚成熟的浆果，而不是强行捋下的酸葡萄。

拒绝的本质是一种丧失，它与温柔热烈的赞同相比，折射出冷峻的付出与掷地有声的清脆，更需要果决的判断和一往无前的勇气。

你拒绝了金钱，就将毕生扼守清贫。

你拒绝了享乐，就将布衣素食天涯苦旅。

你拒绝了父母，就可能成为飘零的小舟，孤悬海外。

你拒绝了师长，就可能被逐出师门自生自灭。

你拒绝了一个强有力的男人的相助，他可能反目为仇，在你的征程上布下道道激流险滩。

你拒绝了一个神通广大的女人的青睐，她可能笑里藏刀，在你意想不到的瞬间刺得你遍体鳞伤。

你拒绝上司，也许象征着与一个如花似锦的前程分道扬镳。

你拒绝了机遇，它永不再回头光顾你一眼，留下终身的遗憾任你咀嚼。

拒绝不像选择那样令人心情舒畅，它森严的外衣里裹着我们始料不及的风刀霜剑。像一种后劲很大的烈酒，在漫长的夜晚，使我们头痛目眩。

于是我们本能地惧怕拒绝。我们在无数应该说“不”的场合沉默，我们在理应拒绝的时刻延宕不决。我们推迟拒绝的那一刻，梦想拒绝的冰冷体积，会随着时光的流逝逐渐缩小以至消失。

可惜，这只是我们善良的愿望，真实的情境往往适得其反。我们之所以拒绝，是因为我们不得不拒绝。

不拒绝，那本该被拒绝的事物，就像菜花状的癌肿，蓬蓬勃勃地生长着，浸润着，侵袭我们的生命，一天比一天更加难以救治。

拒绝是苦，然而那是一时之苦，阵痛之后便是安宁。

不拒绝是忍，心字上面一把刀。忍是有限度的，到了忍无可忍的那一刻，贻误的是时间，收获的是更大的痛苦与麻烦。

拒绝是对一个人胆魄和心智的考验。

拒绝是一门艺术。

拒绝也分阳刚派与阴柔派。

怒发冲冠是拒绝，浅吟低唱也是拒绝；义正词严是拒绝，顾左右而言他也是拒绝；声色俱厉是拒绝，低眉敛目也是拒绝；横刀跃马是拒绝，丝弦管竹也是拒绝。

只要心意决绝，无论何方舞台，都可演成拒绝的绝唱。

拒绝有时候需要借口。

借口是一层稀薄的帷幕，它更多表达的是一种善意一种心情，而同表面的含义无关。

借口悬挂于双方之间，使我们彼此听得见拒绝清脆的声音，看不见拒绝淡漠的表情，因此维持着最后的礼仪。

许多被拒绝的人，执着地追问借口的理由，以为驳倒了理由就挽救了拒绝。这实在是一种淡淡的愚蠢，理由是生长在拒绝这棵大树上取之不尽用之不竭的叶子。如果你真的是想挽回拒绝，去给大树浇水吧。

在某种程度上，借口会销蚀拒绝的力度。它把人们的注意力牵扯到无关的细节上，而忽略了坚硬的内核。就像过多的糖稀，会损坏牙齿的珐琅质。它混淆了拒绝真实凝重的本色，使原本简单的事物斑驳不清。

相较之下，我更喜欢那种干干净净没有任何赘物的斩钉截铁似的拒绝，它像北方三九天的冰凌，有一种肝胆相照的晶莹和砰然断裂的爽快。不但是个人意志的伸张，而且是给予对方的信任和尊崇。

拒绝对于女人来说，是终生必修的功课。

天下无数繁杂的道路，你只能走一条。你若是条条都走，那就等于在原地转圈子，俗称“鬼打墙”。

女人使用拒绝的频率格外高，是因为女人面对的诱惑格外多。

拒绝是女人贴身的软甲，拒绝是女人进攻的宝剑。

拒绝卑微，走向崇高。

拒绝不平，争取公道。

拒绝无端的蔑视和可恶的恩惠，凭自己的双手和头颅挺身立于性别之林。

不懂得拒绝的女人，如果不是无可救药的弱智，就是倚门卖笑的流莺。

因为拒绝，我们将伤害一些人。这就像春风必将吹尽落红一样，有时是一种进行中的必然。如果我们始终不拒绝，我们就不会伤害别人，但是我们伤害了一个跟自己更亲密的人，那就是我们自身。

拒绝的味道，并不可口。当我们鼓起勇气拒绝以后，忧郁的惆怅伴随着我们，一种灵魂被挤压的感觉，久久挥之不去。

因为惧怕这种难以言说的感觉，我们有意无意地减少了拒绝。

在人生所有的决定里，拒绝是属于破坏而难以弥补的粉碎性行为。这一特质决定了我们在做出拒绝的时候，需要格外地镇定与慎重。

然而拒绝一旦做出，就像打破了的牛奶杯，再不会复原。它凝固在我们的脚步里，无论正确与否，都不必原地长久停留。

拒绝是没有过错的，该负责任的是我们在拒绝前做出的判断。

不必害怕拒绝，我们只需更周密地决断。

拒绝是一种删繁就简，拒绝是一种举重若轻，拒绝是一种大智若愚，拒绝是一种水落石出。

当利益像万花筒一般使你眼花缭乱之时，你会在混沌之中模糊了视线，尝试一下拒绝吧。

你依次拒绝那些自己最不喜欢的人和事，自己的真爱就像退潮时的礁岩，嶙峋地凸现出来，等待你的攀缘。

当你抱怨时间像被无数餐刀分割的蛋糕，再也找不到属于你自己的那朵奶油花时，尝试一下拒绝吧。

你把所有可做可不做的事拒绝掉，时间就像湿毛巾里的水，一滴一滴地拧出来了。

当你发现生活中蕴含着太多的苦恼，已经迫近一个人能够忍受的极限，情绪面临崩溃的边缘时，尝试一下拒绝吧。

你也许会发现，你以前不敢拒绝，是怕增添烦恼，但是恰恰相反，拒绝像一柄巨大的梳子，快速地理顺了杂乱无章的日子，使天空恢复明朗。

当你被陀螺般旋转的日子搅得耳鸣目眩，忘记了自己是从哪里来，要到哪里去的时候，尝试一下拒绝吧。

你会惊讶地发觉自己从复杂的包装中清醒，唤起久已枯萎的童心，感叹我们每一个人都是自然之子。

拒绝犹如断臂，带有旧情不再的痛楚。

拒绝犹如狂飙突进，孕育天马横空的独行。

拒绝有时是一首挽歌，回荡袅袅的哀伤。

拒绝更是破釜沉舟的勇气，一种直面淋漓鲜血惨淡人生的气概。

拒绝也不可太多啊，假如什么都拒绝，就从根本上拒绝了每个人只有一次的辉煌生命。

智慧地勇敢地行使拒绝权，这是我们每个人与生俱来的权利，这是我们意志之舟劈风斩浪的白帆。

珊妮兵团

芝加哥一处僻静的街道，除了凛冽寒风的脚步，看不到一个人。找到1504号门牌的时候，一股烈风吹过，呛得我差点儿摔个跟头。今天要拜访的是“珊妮兵团”。

单从字面上看，完全想象不出这是一个怎样的机构。加上它的大名——芝加哥宠物治疗中心，残缺的想象力才有了一点儿方向，然而，显然是更困难了。注意啊，不是治疗宠物，而是宠物治疗。我穿过20年医生的白大衣，实在难以想象在医生束手无策的地方，那些被人类豢养的动物，能有什么高招？

说实话，我不是一个很喜欢动物的人。不是因为我吝啬自己的感情，正相反，因为害怕感情的流离失所。想想看吧，大概除了乌龟，所有我们日常亲近的动物，比如鸡鸭鹅兔、猫狗驴马……寿数都比人类要短。如果与之建立起了深厚的感情，当它骤然离去的时刻，会遗下怎样的凄楚？罢，罢！索性将情感的半径缩如毛衣针般短小，相对应的痛苦也会有限。

1504号的楼梯窄得如同天梯，侧着身子上到顶层，是一扇普通民居的门。我们敲门，然后等待。几乎怀疑自己走错了地方的那一刹那，门开了。在我没看到任何一个人的时候，四股旋风，分别为棕色、灰色、白色、黑色，无声地扑到我身上……吓得我脖根往后一仰，险些晕了过去。

那是四条狗。被四只大小不同的狗活蹦乱跳地围着身体的感觉，极为奇特。它们闭着嘴，用鼻孔热情地喷着气体，眼神温顺而友好。皮毛摩擦着你的肌肤，好像若干件羽绒背心被挑开了尼龙面子，绒毛满天飞舞，轻暖而撩人。不，不仅仅是暖和轻，更重要的是这些绒毛充满了生命力，不停变换着方向地簌簌流动着，拂过你的全身。仿佛一把奇妙的丝绒刷子，从你的发梢抹到脚踝，直至把你包裹成一根巨大的羽毛……

这是惊恐之中的享受，令人在汗毛竖起的同时想入非非。

当我惊魂稍定，才在众多的狗脸之后，看到了一张和善的人脸——艾米女士，这家中心的负责人。

艾米把四条狗呼唤到一旁，然后对我说，我们特别设计了这样的欢迎仪式，希望没有吓着你。因为只有它们才是我们这里的主角，它们是只吃饼干不拿薪水的治疗师。

我捋着胸脯说，吓倒是没吓着，只是，它们从不咬人吗？真正的医生都有出意外的时候，这些狗，会不会哪天脾气不好，伤害了病人？谁都有万一，对不对？

艾米女士叹了一口气说，你说得对。在我们人类的社会里，的确是这样的，会有万一。但据我所知，在狗的世界里，发生这种机会的概率，要远远小于人类，我不敢说绝无仅有，但我从来没有见过。狗永远是积极的。你见到人类背叛狗，某些人还吃狗肉，但是，你见过一条主人的爱犬，背叛过主人吗？你见过在没有食物的时候，狗把主人吃了吗？没有，从来没有过啊！我们这些治疗犬里，从来就没有出现过对病人的伤害。有的，只是人对它们的伤害。

我心中尖锐地疼了一下，我相信艾米女士说的一定是真的，我还需要了解得更详尽一点。

艾米女士说，我们这个中心，成立了11年。我们现在有200多条治疗犬，也就是说，有200多位犬医生。我们的医疗犬到监狱里面为犯人治病，结果那些罪犯用烟头烫伤了医疗犬。即使在这种情况下，医疗犬也没有给那些人以任何回击，它们只是伤心地离开了……

我愤愤不平地说，为什么要让医疗犬到监狱里去？

艾米女士说，伤害医疗犬只是极个别的现象，绝大多数犯人对医疗犬都很友善，效果很好。甚至可以说，在某种程度上，医疗犬起的作用比医生还大。

这我就有些不以为然了。看得出，艾米非常热爱动物，但是也不能把动物的作用夸大到比人更加能干的地步啊。

可能是我的表情出卖了我内心的某些活动，也许是艾米常年同犬打交道，神经和感知也异常灵敏，总之，她以下的话似乎是针对我的念头而来的。

犯人犯罪的原因有很多很多，但是其中最根本的原因，是丧失了对人的信任。教育他们今后不犯罪的办法也有很多，但最根本的是要他们恢复对人的信任，让他们内心深处的良知苏醒过来。也许人的语言难以抵达的地方，治疗犬却可以达到。是的，它们不会说话，可是它们有对人的一往情深的信任，它们单纯而友善，执着而可爱。在监狱里的那些人，几乎已经忘记了被另一个个体信任的感觉，但是，在治疗犬这里，他们突然得到了。信任所给予人的动力是非常巨大的。治疗犬让一些作恶多端的人流泪，让他们重新思索自己的人生。

我听得感动，说，训练这样打不还手骂不还口的治疗犬，是不是非常困难？

艾米说，是很困难。只有很少的一些犬具备优良的治疗犬的素质，选择这样的犬，再进行严格的训练，最后参加特别的考试，然后才有进行治疗的资格。

我说，这么难啊？

艾米说，是啊！

我说，都有什么试题啊？你不要怀疑我知道了会透题，我在万里之外，一定会保密的。

艾米说，比如说，在考试中，有一个题目，要求治疗犬连续地舔人的手掌，达若干时间，很多犬就难以通过。有一些犬是可以训练出来的，有一些犬是无法训练出来的。只有那些最友善最耐心并且喜欢交往的犬，才能过关。

我心里替那些犬抱屈。当然了，犬是经常舔主人的手掌，但那是它在表达自己的情感。若是要求它对一个不认识的人反复这个动作，就像要求一个小伙子对一个陌生的老大娘不停地说：我爱你爱你爱你……真够受罪的了。

艾米说，你一定想问，为什么要这样呢？

我连连点头。

艾米说，治疗犬对偏瘫后遗症和老年性痴呆的治疗效果很好。其中很重要的一个治疗方案就是治疗犬用舌头抚摸老年人的手指。手指上有很多神经末梢，这种抚爱对人神经的恢复非常有帮助。若是一个耐性不良的治疗犬，干着干着就烦了，摇摇尾巴自己跑了，那怎么行？治疗常常是很枯燥的，一条好的治疗犬深深地懂得这一点。它们执行治疗任务的时候，非常敬业，极为投入。治疗完成了，犬也累坏了。有时，两个小时的治疗之后，治疗犬要深睡一天。

我说，艾米女士，您本人一定是训练治疗犬的行家了。

艾米女士说，惭愧得很。我训练的一条治疗犬，刚刚在考试中被刷了下来。

我说，为什么呀？

艾米女士说，它的注意力不够集中。有一题是考验治疗犬的耐心，要它们端坐若干时间。当还有一分钟就要结束考验的时候，考官突然放出一只猫从犬的面前飞跑而过。我的那只考试犬没能经受住考验，它看了猫一眼，浑身就不自在起来，坚持了若干秒，最后还是一跃而起，追那只猫去了，结果前功尽弃。

艾米女士说得很伤心，那情形极像自家孩子勤奋苦读之后，却未能金榜题名的失意母亲。

艾米女士说，芝加哥的很多家医院都同她联系，请治疗犬到病房里施治。治疗犬供不应求，计划已经安排到了两个月之后。前些日子，韩国的一家医院也请艾米女士带着治疗犬到他们那里现场操作，美国联合航空公司特地批准了这些治疗犬免费飞越重洋。只有最优秀的犬，才能得到这份殊荣。任务特殊，也有些艰巨。比如有一个科目，是让病人训练犬学会打篮球。治疗犬就要乖乖地跟随着病人的脚步，做这个训练。它们开始的时候，一窍不通，然后在病人的训练中，逐渐进步，最后成功地掌握了这个动作。这个训练，会让病人感受到成功，并且不厌其烦，学会交流和合作。

我说，这很有趣啊！

艾米女士说，若是我告诉你，我们的治疗犬早就掌握了打篮球的动作，但是它们要做出一无所知的样子，然后慢慢地进步，你觉得怎样？

我说，这是人都难以完成的作业。

艾米说，优秀的治疗犬能够成功地做到这一点。它们懂得循序渐进，懂得让训练者有成就感。狗非常忠诚，它是把人当成它的头狗来效忠的。

告别的时候，艾米女士和治疗犬一道欢送我。我一一抱起治疗犬，表达一名人医生对四位犬医生的敬意和谢意。我问艾米女士，哪一位是珊妮？

我想，那只威武高大的母犬应该是珊妮了，好像含威不露的资深女医生。

没想到艾米说它的名字叫采茜。至于珊妮，是这里最好的治疗犬，所以整个队伍以它的名字命名，叫作——珊妮兵团。不巧的是，珊妮今天出诊去了，到病人家里做治疗，很晚才会回来。

无缘见到这支部队的总司令，甚为遗憾啊！当我沿着陡峭的楼梯走下，故意把脚步放慢，期待着，也许正赶上珊妮出诊归来呢。

快乐之奖

一位悠闲的老人，守候在闹市区的一条繁华马路上。无数的行人从他身边匆匆掠过，如同群群鸥鸟飞越搁浅的轮船。老人睿智的目光巡视着众人的脸庞，不断地轻轻叹息。偶尔他会走到某位行人的面前，有礼貌地拦住他或她，悄声地说一句什么话，然后把一样东西塞进那人的手里，微笑着离开。

夜深了，老人回到一家俱乐部，对负责人说，我已经对每一个我确认的人，发放了奖金。

这是怎么回事?

原来这家富裕的俱乐部，突发奇想，拿出了一大笔钱，委派对人的表情很有研究的专家，到城市最繁华的地带守候一天，由专家判定的每一位快乐的人，会得到一笔奖金。

负责人说，唔，你做得很好。只是我猜想，那笔钱，一定不够吧?

老人说，我连那些钱的一个零头都没有用完。整整一天，成千上万的人经过我面前，但是我能确认他是快乐的人的，只有22名。

当我第一次看到这份资料的时候，十分诧异。正常人当中，快乐的人是如此稀少吗?当我带着这团疑问，开始观察周围的时候，才发现，答案果然令人震惊。围绕我们的，多是惆怅的脸、忧郁的脸、焦灼的脸、愤懑的脸、谄媚的脸、悲怆的脸、呆板的脸、苦恼的脸、委屈的脸、讨好的脸、严厉的脸、凶残的脸……

快乐的脸如此罕见，仿佛黄梅季节的阳光。快乐的脸不是孤立无援的面具，在它的后面，是一颗快乐的心在支撑。快乐的奖无法发放，真是一个悲剧。

我期待着有一天，到处是由衷的快乐的欢笑的美好的脸，让那家俱乐部，发奖发得破了产。

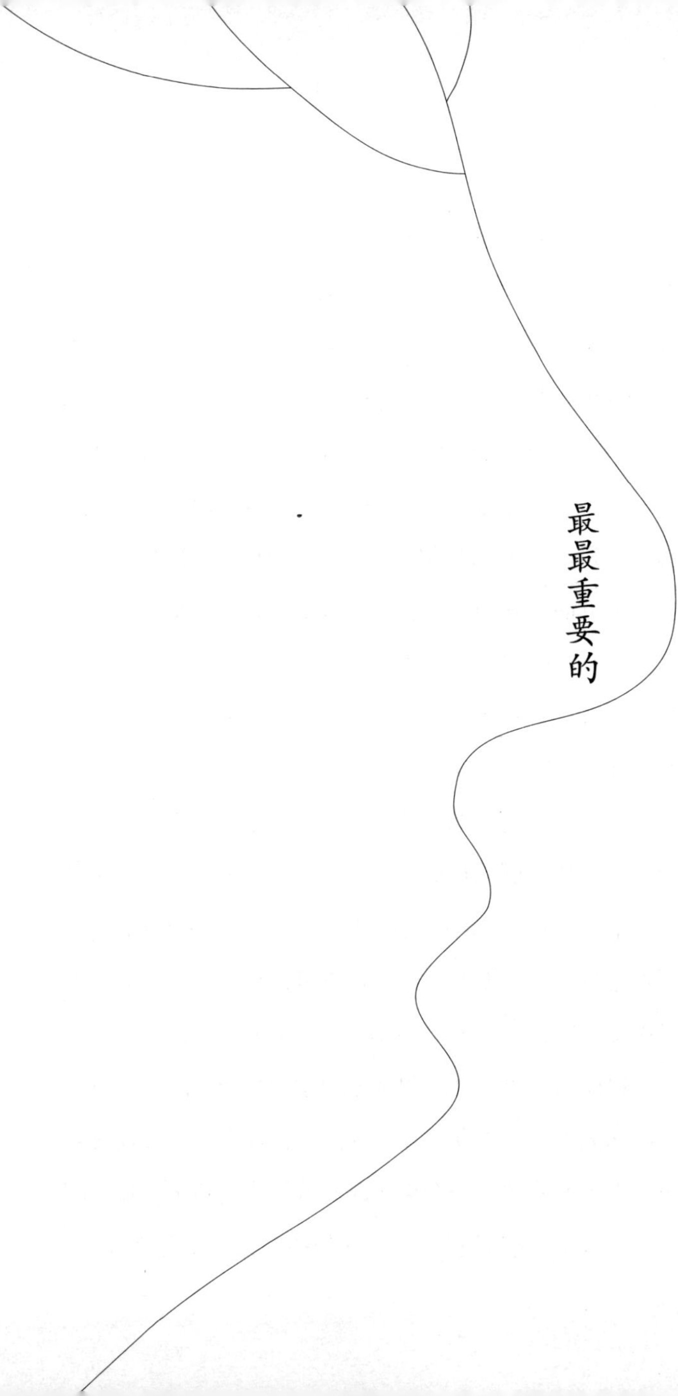

最最重要的

在美国的一些心理机构访问，礼节性的交谈之后，我总是提出实地参观一下他们的心理辅导室。为什么会提出这个要求？主要是想看看人家是怎样布置心理诊所的，有点儿百闻不如一见的意思。打个不很恰当的比方，就像一个准备买房子的人，到别人家里做客，总忍不住要对主人说，我能看看你各个房间的陈设吗？当然了，私人空间和公共空间的保密度是不一样的，这另当别论。

美方的心理服务机构，一般都会很热情地满足我的要求。有的时候，他们也会很抱歉地说，对不起，我们的心理医生正在工作当中，不能打扰他们。咱们只能在心理辅导室的单面镜后面看一下。

一次，我悄悄地同负责接待我的临床心理学家，来到观察室的单面镜后面。观察室很大，很空旷，除了若干椅子和一面巨大的单面镜之外，几乎没有其他的陈设。不难想见，在必要的时候，这里可以容纳一大群人，在单面镜的后面虎视眈眈地瞄着辅导室内的情况。

单面镜这种东西，在一般人的印象中似乎不怎么好，多半和鬼祟与阴谋联系在一起。人们通常是从间谍影片中认识单面镜的。一个男人，对着镜头刮胡子，龇牙咧嘴的，做着一些只有一个人独处的时候才有的怪样子，甚至干脆自得其乐地挤出一泡尿……待观众们看得云山雾罩，镜头才缓慢地摇移，出现了一块晶莹的玻璃，在玻璃的这一面，聚结着一伙居心叵测的人，正在仔细地研究刚才那个人的一举一动、一颦一笑……观众们这才猛然醒悟到，原来隔开双方的不是一块普通的玻璃，而是单面镜。单面镜的奥妙就在于被观察的那一方，完全无知无觉，以为是面对真空，但实际上，他的所有活动都被众多的火眼金睛所监测。

和单面镜打过一次交道。某方邀请专家组讨论问题，我也身为其中一员。记得意见分歧较大，争论煞是激烈，场上双方各不相让。战火中，突然进来一位款款的小姐，托着一个精致的盘子，盘子上有一封折叠的信。会议主持者打开了信，看着。那一瞬，所有的舌头都被冻住，视线都被这个奇怪的纸条锁定。主持人看完纸条说，讨论就进行到这里，因为领导层已经清楚了大家的看法，觉得很受启发。他们的意见倾向于某一方面，希望大家沿着这个方向，再进一步地深入讨论下去。

领导层发了话，原先的争论就打住了，大家就新的问题再起唇枪舌剑。领导的倾向，正是我所坚持的那个方向，按说己方意见受到了重视，该是高兴的。但那天，我精神萎靡，继续讨论的兴趣丧失殆尽。总在想，场外的领导，是怎么知道场内的情形的？在会议过程中，并没有任何一个人走出过会场啊？后来，我自作聪明地认为，一定是在角落里，有一台小录音机或是录像设备，把大家的发言同声传递了出去。

怀揣种种猜测的，绝非我一人。证据是后来的讨论，全都心不在焉。疑问像铁钩，坠着大家的肝肠。会议结束后，不知道是主办者为了答疑还是偶然，把与会人员带到了相邻的房间。一进门，全都噤了声。一面和墙壁等宽等高的单面镜，矗立在刚才研讨的那间房子和现在这间房子的中央。简单说吧，可以把它想象成一间超长的大房子，中间镶有一堵玻璃的墙壁。只允许光线单方面地进出——从这面看那面，洞若观火，千变万化尽收眼底；从那面看这面，铁壁合围，渺无声息波澜不惊。

与会的诸君，面面相觑，什么也没说。看来不是没什么好说的，是不知如何说好。当然了，大家在会上说的都不是什么见不得人的话，也不是悄悄话。若是这家机构的领导层轩昂就座，我看绝大多数人都会该说多少就说多少，没什么可藏着掖着的。但楔进来了一扇单面镜，事情就有了微妙的变化，好像夜半有一只猫头鹰，悄然地打量着你，那感受就令人不舒服了。也许，暗中的窥探引发的不安全感，来自远古的忧患，和这面高科技的镜子，本身并无太大的关联。

还是回到美国的心理辅导室吧。我们凑到单面镜前，看到在室内坐着若干人，围成一圈，正在说着什么。临床心理医生介绍道，这是一个专为抑郁症病人开设的小组，他们每周活动一次，已经有几个月了。我一边观察，一边低声问道，哪一位是组长呢？临床心理学家笑起来说，您不必那么小心。这里的隔音设备是一流的，我们可以非常清晰地听到他们的对话，但我们无论怎样喧哗，他们是听不到的。至于谁是组长，我先不告诉您，您不妨猜猜看。

我看到一个中年男子，神采奕奕，腰背挺得笔直，就指点着说，他大约是组长吧？

临床心理医生笑起来说，错了，他不是组长，他是组员。我要把你猜错的结果告诉我的同伴，也就是真正的组长。这说明他的小组治疗是很有成效的。是的，这个人已经从抑郁的状态中走出来了，不但你看着他不像个病人，我看也不像呢。

我说，那么谁是真正的组长呢？

临床心理医生指着一个人说，他就是。

从单面镜后面看过去，只见那个人眉头紧锁，面容忧戚，肩膀下垂，嘴角抿得紧紧的。

我说，这个组长的神情倒是很像个抑郁症患者呢。

心理医生说，他一投入工作，就是这副神情。我们也常常说他，在你的小组里，你是最像抑郁症的一个人了。这也许正是他的敬业。

临分手的时候，我问，辅导室有单面镜这件事，你们告知来访者吗？

心理医生回答，我们告知他们。我们说，这个设备对你们的治疗是有利的。他们刚开始有些顾忌，但随着治疗的深入，很快就忘记了。

我的一颗心这才放下来。

我在美国所见到的心理辅导室，房间都不大，甚至可以说是相当狭小的。这当然不是出于金钱的计算，而是专业的考虑。屋内陈设简单，一般只有两个低背的沙发，彼此呈45°角摆放着，中间没有茶几阻隔。有几个柔软的棉布垫子散乱地放在一边，有家的温暖味道和并不过分的温馨豪华。有一个朴素的花瓶，有些并不喧宾夺主的花，不是很鲜艳，但绝对是生机勃勃的。墙壁的颜色很柔和，但没有很多的装饰品。灯光是属于明亮中偏暗的那种，清静而不炫目。门窗的密闭性能很好。总之，所有的陈设都有一个基本的出发点，那就是简洁宁静亲切而富有人性，适宜进行推心置腹的谈话。

后来我还到过一家有着多位心理医生的诊所。在每间辅导室的地面，都有一个类似蚊香盒的东西。一般摆在门后，塑料的外壳，看得出是个电器玩意儿。我说，这是什么？

主人说，这是消音器。

我有点儿尴尬。说实在话，也许是我的孤陋寡闻，我真的不知道消音器是干什么用的。当然了，可以顾名思义，就是一个消除声音的仪器呗。但我还是弄不清楚，这个仪器是能像厕所里的吸臭剂，把声音吸收进去，还是一个类似无声手枪上配置的附件？我不能糊里糊涂地让这件事过去。于是，硬着头皮问下去。您能详细地向我介绍一下消音器的工作原理吗？

主人很惊讶地说，工作原理？它没有什么工作原理。很简单的。

说着，主人就把消音器打开了。原来，它是一架录好了某种特定声音的小仪器。打开来，拨到不同的频道，它就可以发出特定的声音。比如，类乎鸟鸣、类乎溪水、类乎风声……音量不大，音色柔和，尽职尽责并持之以恒。

见了实物操作，听了介绍，我恍然大悟。原来，为了让来访者最大限度地得到安全感，谈话开始之前，心理医生会征询来访者的意见，是否需要打开消音器。如果需要，消音器的声音就会在整个谈话期间，弥漫在小小的辅导室内。这样，会让来访者更安心，觉得即使有什么人有意无意地在门外偶然走过，听到的也是经过干扰的声音，谈话的内容就更加私密了。

我还看到辅导室外的门框上，有一组五颜六色的指针，有点儿像国内生产的晾晒毛巾的架子，聚拢起来是一把，散开来就像伞骨。

我说，这是干什么用的?

主任明显地兴奋起来，说，这可是我的专利。你知道，我们这里有若干位心理医生，但是并没有那么多相应的心理辅导室。就是说，每个人的工作场所是不固定的。我们这里工作繁忙，经常有来访者预约或是突发情况，都需要精确地知道某位医生此时此地在做什么。但心理辅导中有一条规则是很严格的，那就是医生在和来访者交谈的时候，不可打扰。为了病人的利益，这是非常必要的，一边是不可打扰，一边是需要知道医生的状态，这是个大矛盾。怎么解决呢？我就发明了这组指示针。我请每个医生为自己挑选一根针，比如我自己，就选了一根粉红色的针，很醒目，是不是？有的人选了绿的，有的人选了蓝的，随你的便，都登记在册，大家彼此都记得别人的颜色。你注意到了这根黑色的针吗？这就代表着来访者。黑色是庄重和严重的颜色，代表着神圣不可侵犯。如果是我在此和来访者交谈，我就会把粉红色的指针和黑色的指针一同竖起来。那么，除非是有十万火急的情况，否则谁也不可推开这扇门，谁也不可打扰我们。如果只是我借用这间房间阅读或是工作，那么，我就把粉红色指针单独竖起来，情况就要简单一些。你可以斟酌，是不是敲开这扇门。对我们来说，黑色，也就是来访者的利益，是最最重要的。

这些话，让我感动了许久。

以上说的，是些琐碎的事情，写在这里，因为细节是最有魅力的。叶子的繁茂，是预示一棵大树盎然生长或是訇然倒地的要素之一。

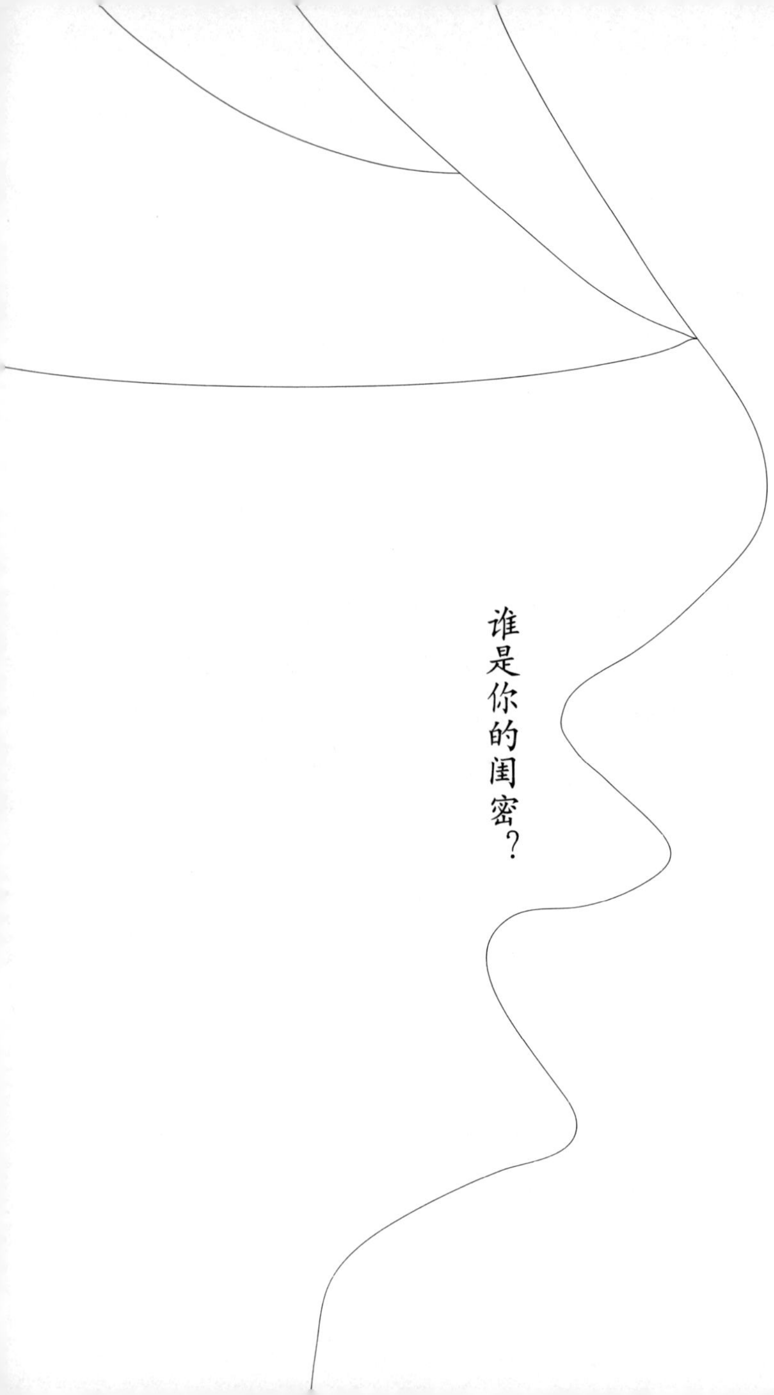

谁是你的闺密？

某天，我看到工作人员正在清理一堆小山似的硬币，好像是哪个孩子当场砸碎了他的宝贝扑满。我很奇怪，心理机构不是超市银行，似乎不应该麇集如此多的钢镚儿。助手们都很尽职，平常绝不会在业务场所处理私事，看来这些钢镚儿和工作有关。我实在想不明白：硬币和心理咨询有何关系？

助手看我纳闷，就说，这是一个孩子交来的预约咨询费用。我一时愣怔，心想，孩子的钱，是不是应该减免？助手看我不说话，以为我是在斟酌钱的数量，就说，这是那个孩子所有的钱，我打算自己帮她补足。

我说，钱的事，咱们再说。我想知道孩子是跟着谁来的？

按照惯例，孩子的问题，都是父母发现后，焦虑不安地领来求助。

助手说，这孩子是自己来的，用压岁钱来付费，父母根本不知道她要来看心理医生。助手说着，把她的登记表递过来。

工工整整的字迹填写着：张小锦，女，13岁，本市××中学初中一年级学生……

见到张小锦的时候，我吃了一惊。本以为这么敢作敢为挺有主意的孩子，一定人高马大，却不料十分瘦小，穿橙色校服蜷在沙发中，好像一粒小小的黄米。

我说，你遇到了什么事情，需要我们的帮助？

瘦小的张小锦说起话来嗓门挺大，音调暗哑，有点儿像张柏芝。仿佛轻巧的身躯里，藏着一根摔裂的长笛。张小锦咬牙切齿道：我请你帮助我——除掉我妈的朋友！

我着实被吓了一跳。这个开头，有点儿像黑帮买凶杀人。我说，你很恨你妈妈的朋友？

张小锦说，那当然！请你千万不要把我的话告诉任何人。你要发誓，永远不能说。

这可让我大大地为难了。就算一个孩子，如果她图谋杀人，我也要向有关机构报告。如果我拒绝了张小锦的要求，她很可能就拒绝和我说知心话了，帮助便无从谈起。我避开话锋，慢吞吞地回答，你能告诉我，你说的“除掉妈妈的朋友”，是什么意思？

“除掉”通常是血腥的。警匪影片中将要杀死某个人的时候，匪徒们会窃窃私语，吐出这个词。张小锦回答说，我的“除掉”，就是让这个朋友离开我家！不要和我妈没完没了说个不停，让我妈多拿出一点儿时间来陪我，遇事别老听这个朋友的，也和我聊聊天，也听听我的想法……

原来是这样！在张小锦的词典里，“除掉”并不是杀死，只是离开。我稍稍松了一口气，说，张小锦，看来你妈妈和你交流不够，你对此很有意见啊。

张小锦遇到了知音，直起身板说，对啊！我妈有什么心事，只和朋友说，不和我说。我们家的事，是和她朋友关系密切啊，还是和我密切啊？

张小锦黑亮的眼珠凝神盯着我，目光中带出急切和哀伤。

我立即表态，你们家的事，当然是和你关系最密切了。

这让张小锦很受用，她说，对啊！那个朋友一天到晚老缠着我妈，让我妈离婚，破坏我们家的和睦！说着，她长长的睫毛洇湿了。我递过去几张纸巾，张小锦执拗地不接，只是不停地眨巴眼睛，希望眼帘把泪水吸干，睫毛就聚成几把纤巧的小刷子。

看来张小锦家充满了矛盾和危机，妈妈的朋友也许正是罪魁祸首。我说，小锦，是妈妈的朋友让你们家庭变得不幸福了？

张小锦一个劲儿地点头，正是！

我说，妈妈的坏朋友具体是个怎样的人？

张小锦突然有点儿踌躇，说，其实这人也不算太坏，逢年过节都会给我买礼物，是我妈的闺密。

晕！我一直以为妈妈的朋友是个男人，甚至怀疑他就是破坏张小锦家的第三者。现在才知道，朋友是个女的！有一瞬间，我闪过张小锦的妈妈是不是个双性恋的念头。要不然，怎么两个女人之间的关系，会引发张小锦这样大的恼怒！

咨询师的脑海就像一台高速运转的电子计算机，来访者的任何一句话，都会在咨询师脑海中引发涟漪。一千种可能性像漂流瓶在波涛中起伏，你不知道哪一只瓶塞内藏着来访者心中的魔兽。也许你以为是症结所在，穷追不舍紧紧跟踪，结果不过是一朵七彩泡沫。也许你忽视掉的片言只句，却潜藏着最重要的破解全局的咒语。这一次，我的方向差了。

我想起了老师的教导：你不能以自己的主观猜测代替事实的真相。你永远不能跑到来访者的前面去，你只能跟随……跟随……还是跟随。

我调整了心态，对张小锦说，你妈妈和女友之间的关系，让你嫉妒。

张小锦不解地重复，嫉妒？我好像没有想到这一点。

我说，以前没想到不要紧，现在开始想也来得及。

张小锦偏着脑袋想了一会儿说，好吧，你说我嫉妒，我承认。人家都说女儿是妈妈的小棉袄。可我妈妈硬是把我当成了破大衣，心里话都不跟我讲。

我说，你妈妈的心里话是什么呢？

这一次，张小锦反常地沉默了，很久很久。如果我不是一个训练有素的心理师，也许我就睡着了。我等待着张小锦，我知道这些话对她一定非常重要，讲出口又非常困难。

终于啊终于，张小锦说，哼！他们都以为我不知道，他们合伙儿来骗我。我也愿意装出一副傻相，让他们以为我不知道。他们自以为知道一切，其实我在暗里，比他们知道的更多！

简直就是一个绕口令！我彻头彻尾被这个有着破长笛一样沙哑嗓音的女生弄糊涂了。我要澄清在她的字典里，“他们”——是谁？

是我爸爸、我妈妈，还有那个和我爸爸相好的女人。当然，还有我妈妈的闺密……张小锦的话匣子终于打开了。原来，张小锦的爸爸有了外遇，和另外一个女子暧昧，被放学回来的张小锦撞见了。从此，张小锦见了爸爸不理不睬，爸爸反倒对张小锦格外好。张小锦决定不把这件事告诉妈妈，因为那样家就很可能破碎。张小锦知道那些父母离婚的同学，基本上都很自卑。张小锦心想，只要妈妈不发现这件事，家庭就能保全。她一次又一次地帮着爸爸遮掩，让妈妈蒙在鼓里。然而，妈妈还是察觉到了某种蛛丝马迹，开始敏感而多疑。张小锦很怕出事，就故意胡闹，分散妈妈的注意力。实在没法子了就生病。无论妈妈多么在意爸爸的一举一动，只要张小锦一发烧，妈妈就把所有的注意力都放到了张小锦身上，无暇他顾，爸爸的危机就化解了。可爸爸不知悔改，变本加厉。张小锦就是再用十八般武艺转移妈妈的注意力，妈妈还是越来越接近真相了。妈妈对自己的好朋友痛哭一场和盘托出。这位闺密是个刚烈女子，疾恶如仇。她不断和妈妈分析爸爸的新动向，号召妈妈奋起抗击。妈妈很痛苦，和闺密无话不谈，最近已经到了商议如何去法院告道德败坏的爸爸，讨论分割财产和张小锦的归属……张小锦用大量的精力偷听她们的谈话，惊恐万分。好比外敌入侵，妈妈的闺密是主战派，张小锦是主和派。张小锦要维护家园，当务之急就是除掉闺密！她走投无路，不知道跟谁商量。跟同学不能说，要维持幸福家庭的假象；跟亲戚不能说，爸爸妈妈都是好面子的人，张小锦不愿亲人们知道家中正在爆发内乱；跟老师也不能说，她害怕老师从此把她当成需要特别关心爱护的弱势群体。百般无奈的张小锦想到了心理医生，就把所有的私房钱都拿出来做了咨询费。

听完了这一切，我把张小锦抱在怀里，她像一只深秋冷雨后的蝴蝶，每一根发丝都在极细微地颤抖。不知道在这具小小的躯体里，隐藏了多少苦恼愤怒！她还是个孩子啊，却肩起了成人世界的纷争，为了自己的家庭，咽下了多少委屈辛酸的苦果！

许久后，我说，小锦，设想一个奇迹。假如你妈妈的闺密突然消失了，你们家就能平静吗？

张小锦认真想了一会儿说，可能会平静几天吧，但我妈已经起了疑心，她会穷追到底，我爸迟早得露馅。

我说，这么说，闺密并不是事情的症结……

张小锦是个聪明孩子，马上领悟过来，说，事情的根本是我爸妈自己！

我说，你同意我请你的爸爸妈妈到这里来，咱们一同讨论你们家的情况吗？

张小锦害怕地抱起双肩说，他们会离婚吗？

我说，不知道。咱们一块儿努力吧。只是有一条，这一次，你不能装作什么都不知道，你要把你所知道的一切和感受都说出来，包括你对父亲第三者的印象，还有你对闺密的看法。你要表达你对父母的期待和对一个完整的家的爱。

张小锦说，天啊！在爸爸妈妈眼里，我一直是个善解人意的乖乖女，这下子，我岂不是变成了刺探情报两面三刀的小克格勃？！不干！不干！

我说，这是否比你失去爸爸妈妈和家庭瓦解更可怕？

张小锦捂着眼睛说，好吧。我知道什么事最可怕。

…………

我们和张小锦的爸爸妈妈取得了联系，他们一同来到咨询室。经过了多次的家庭讨论，这其中有很多激战和眼泪。张小锦的爸爸终于决定珍惜家庭，和第三者一刀两断。妈妈也说看在小锦一番苦心上面，给爸爸一个痛改前非的机会。

结束最后一次咨询，张小锦离开的时候，悄悄地对我说，现在，我也有了一个闺密，给我出了个好主意。

我说，谁呀？她说，就是你啊！

为什么总是遇人不淑？

她到心理诊室来的那天，天气很冷。她穿着很短的裙子，腿长得并不好看，透过薄薄的丝袜，可以看到曲张的静脉。鞋跟很高，大脚趾紧绷着，几乎和小腿扳成一条直线。

她坐下后第一句话是——我为什么总是遇人不淑？

我说，为什么要用“总是”这个词？

她叹了一口气说，我已经离过两次婚了。这一回，马上也要离了。

我也叹了一口气说，我听出你很难过，很想改变。你不知道自己什么地方出了毛病，你需要稳定和温暖，是这样的吗？

她一下子握住我的手，柔若无骨，连声说，是的是的！我不是爱离婚的女人，世界上有一些女人，不把离婚当回事，我要真是那样，也就不痛苦了。我是想好好过日子的女人，我在这方面下的功夫，比一般女人大多了。可我为什么就找不到爱我的男人？好男人都到哪里去了呢？

看着她绝望的神色，我说，你是否能告诉我你是怎样遇到你曾经的三位丈夫？

她滔滔不绝地打开了话匣子。

我从小是一个害羞的女孩，我总怕别人欺负我，个子小又胆小的女孩，多半都会这样的吧。当我知道男女之事以后，我想，一定要找个子高大的男生，这样，谁欺负我，他就会站出来保护我。第一位丈夫是我同学，个子高高的，好似篮球运动员。我们俩的学习成绩都不怎么样，谁也用不着瞧不起谁。知根知底的，优缺点都一目了然，按说应该特踏实吧？所以，一有了工作，我们就结婚了。他当上了老板的保镖，整天跟着出入那些不三不四的场所，认识了一位洗头的小姐。我现在特恨“小姐”这个词。那算什么小姐啊？简直就是一个只能看小人书的打工妹。要是有点儿身份的小姐，起码傍一个“大款”“中款”吧，这小姐，苍蝇也是肉，连个保镖也不放过。后来，他俩被我在自己的家里，逮了个正着……我当时害怕极了，比那两个狗男女吓得还厉害。他们倒是比我镇静，我丈夫撂下一句话——你既然看见了，就看着办吧！我呆呆地坐在家里，特别可惜我那精心布置的床，被糟蹋得乱七八糟的……别看我这个人个子小，可受不了这种窝囊气，我二话没说，离婚！

离了以后，我很快就从打击中恢复过来了，非要争一口气，要让我的前夫看看，你算个什么东西？你只能往底层里找，我呢？哼！这回找的不但个子要高过你，身份钱财都要比你强！

话虽是这样说，但有才有身份的男人，大姑娘随便挑，干吗非得娶我这么个一没学历二没个头三没好工作的二婚女子啊？我分析了一下自己的优势劣势，我长得不错，还因为从小就胆小，所以刚跟我接触的人，都以为我挺温柔的。许多男人啊，最看重的就是女人温柔。不信你到报纸上的征婚广告看看，有一个算一个，都是寻求温柔贤淑的女子。扬长避短吧，我就在这方面下功夫。学着做一个贤妻良母呗，没什么难的。只要说话声音轻一点儿动作慢一点儿，对小孩子特别疼爱就大功告成了。当然了，还得练着记住一些童话故事……

因为我要找的那种身份的男人，基本上都是带一个小孩的，你要是能对他的孩子好，他自然会给你加分。我报了社会上的各种学习班，比如“家长学校”“烹饪班”什么的。小姐妹都笑我，说你连个月娃子都没养下呢，自己连整虾都舍不得买，只吃虾皮，上这种班，不是跳级吗？我不理她们，也不告诉她们我的真实想法。要是万一失败了，多丢人啊。把这些都操练得差不多了以后，我就开始物色对象了。

从哪儿物色？当然是从征婚广告上了。这法子说起来挺笨的，其实多快好省。你买一堆报纸刊物，仔细研究，条件一目了然，一上午浏览百八十个男人的基本情况，不是难事。看得多了，也能增长经验，什么人是真心的，什么人是闹着玩的，甚至想占便宜的，都能估计个差不多。虽说里面有骗人的，但我也刁，不是傻子，能分辨出个大致。感觉不好的，再不理他就是了。我特别重视身高这个条件，一米七九以下的，免谈。

你猜得不错，我前夫就是一米七九。怎么我也得找一个比他高的，高一厘米也是高。按说我这些条件加在一起，也挺苛刻的。可我还真是找到了一个愿意见面的。个高，有钱，有一份体面的工作，有一个很可爱的孩子……一切的一切，都同我预计的一模一样。我给他做很可口的饭菜，亲吻他的孩子……

你问我这样做，是不是很勉强？说实话，有一点儿。但我知道这是为自己以后的幸福投资，也就一一地做了。这样接触了几次之后，是他催着结婚的。他说他太累了，需要一个安静的小潭。我说，我各方面的条件都不如你，你怎么会看上我呢？他说，前妻跟着别人走了，他下决心要找一个各方面都不如自己的人，只要对他好，对孩子好，就成了。钱挣多少是多呢？他挣的钱够用的了，我的钱不多，这没关系……这些理由挺充分的，是不是？我信服了，觉得苍天有眼，我的准备都派上用场了，熬出头了。

我们很快就结了婚。婚礼是到国外旅行了一趟，几乎没通知朋友。我的第二任丈夫说，他不想大肆铺张，只想安安稳稳地过日子。我倒是很想风光一把，特别是让我的前夫知道知道，他离开了我，我却过得更好了。但新丈夫说低调处理好，我也就依了他。我还要保持一个贤惠的形象嘛。也许，我当时强烈要求大肆操办一番，事情就会是另外的结局了？毕竟他是一个好面子的人……

结婚以后，我的本色就慢慢露出来了，我不可能老忍着吧？他的孩子做得不对的，我也不能老哄着，是不是？爆发是因为我替他去开孩子的家长会，老师劈头盖脸地一顿训，我回来当然要转述给他的父亲。也许我的表情不够沉痛，也许我的忧虑不够发自内心，本来嘛，又不是我的亲生孩子，我能做到如此，已经很不错了。说着说着，我的第二任丈夫就开始生气，说我不是真心爱孩子，有点儿幸灾乐祸……最后说我是一只披着羊皮的狼……

我太冤枉了，我怎么会是狼？我是打算当一只忠诚的看家狗啊。我们开始争吵了。夫妻吵架这事，是不能开头的。开了头，就有瘾，会越吵越来劲。正在这时候，他的前妻回来了。他们是怎么开始来往的，我不知道。有一天吵架之后他对我说，我们还是离婚吧，我要和前妻复婚，她表示悔改，我原谅她了。我已经不相信女人了，但对孩子来讲，毕竟还是他的亲妈。至于你，可以给你一部分钱作为补偿……

我走了，没要他的钱。我不是为了钱才和他结合的。我努力做了，可他是把我作为一个替代品。我上当了。他结婚的时候不肯通知朋友，说明他自己就对这次婚姻没信心，不看重。

这一次，我真的垮了。后来，我很快有了第三次婚姻。要说我的第二任丈夫，什么都没给我留下，这不对。他把一个观念留给了我，就是找一个条件不如自己的人。这样，你就操持着主动，你可以不要他，他却要巴结着你。我再找丈夫的时候，什么条件都放弃了，只问一条，个儿要超一米八二。

是的。我也涨了价码了。您可以想到，在这种倒霉的时候，我能有什么好运气？他是一个好吃懒做的人，就靠我的那点儿收入养活他。等把我吃光了，他就出去找别的女人。我说离婚，他腆着脸说，离婚干什么？凑合着过吧。我这是为你着想。像你这种女人，再离婚，谁还敢要你？丧门星！

我真的蒙了。不知道哪里出了问题。我不是一个坏女人，我也没有害过人，可命运为什么对我如此不公？俗话说，事不过三。我为什么三次婚姻都如此不幸？有时我想，好人和坏人总是有一定比例的吧？这世界上总还是好人多吧？我就是在马路上随便拦住一个人，嫁给他，也不至于次次都输得这么惨吧？到底是什么地方出了毛病？她一口气说了这么久，目光始终不对着我的脸，只是紧张忧郁地注视着我的手，好像我的手里，捏着根还阳救命的仙草。

我缓缓地说，出毛病的地方，其实你自己是知道的啊。

她大吃一惊，说，您别开玩笑。我要是知道，还能一次次地陷得这么惨吗？我不会跟自己作对的！

我说，你的三任丈夫，都有一个共同点。你也反复多次提到，你找丈夫有一个雷打不动的条件……

她真是个聪明女子，马上说道，您是说我对身高的要求吗？这有什么错呢？您到征婚广告上看看，基本上都有这一条。人之常情啊。

我说，我很理解你。但我想问，你在对男人身高的要求后面，寄托的是什么呢？

她想了想说，我想……如果男方的个子高，以后生个孩子，个子也会高的。这不是优生优育的规律吗？

我说，你想得挺长远，这很好。可我一直没听到你有要孩子的打算。再者，对一桩婚姻来说，孩子并不是先决条件啊。请再想想，高个子后面的期望——是什么？

她低下头，想。当她再抬起头的时候，我看到了泪水。她说，我想要的是一份家庭的安全感。

我说，对极了。婚姻是要给人以安全感的。但最主要的安全感是从哪里来呢？从男人的头发？从男人的眼睛？从男人的籍贯？从男人的誓言？

她沉思了半晌，说，要从男人对爱情的忠诚来看，和个子无关。小个子的男人，也一样能做个好丈夫的。

我握着她的手说，好。你讲对了一小半，还有一大半。

她说，婚姻的安全感更要从自己来。相信自己，不要把命运寄托在别人身上。这样，即便出了差错，也不会乱了方寸，病急乱投医。你不会一错再错了。只要自己安全了，婚姻就安全了。

我送她出门的时候，紧紧地握着她的手。她的指尖依旧很凉，但已经有一种坚定的力量，蕴含在指掌之中了。

抵制『但是』

“但是”——是我们常常用到的一个词。我们原来有一个领导，就因为太爱使唤这个词了，外号就叫“老但”。

“但是”的意思，主要是作连词，好像那把皮坎肩的碎皮子缀在一处的彩色丝线。多用在一句话的后半截，表示转折语气。

比方说：你这次的考试成绩不错，但是——不能骄傲自满。

比方说：这地方的风景挺优美的，但是——离城里太远了点儿。

比方说：这女孩身材相当好，但是——皮肤太黑了些。

等等。

我不知道“但是”这个词，刚发明的时候，是不是对于它的前半部和后半部的分量，一视同仁？也就是说，它只是一个公平的纽带，并不偏着谁向着谁。可惜在长期的运用过程中，“但是”这个词，成了类似音乐简谱中“符点”的标记，把后面半拍的节奏，挪到前面去了。当人们看到这个词的时候，无论在“但是”的前面，堆积了多少美好的说明，都像碰上盐酸的污垢，冒了些泡沫，就没了踪影。人们记住的总是“但是”后面的转折，如同好不容易爬上高坡，还没来得及喘口匀气，“但是”这个陡峭的下坡，不由分说把你掳住，一下就滑到了谷底。

于是，“但是”就几乎成了贬义的先兆。只要一出现，气氛就大变。它成了把人心捆成炸药包的细麻绳，成了马上有冷水泼面的前奏曲。“但是”让你打了个激灵，立马把“但是”前面的温暖忘了，只有抖擞起精神，准备迎击扑面而来的顿挫。

“但是”便在这种频频警戒的气氛中，削减了平凡的联结之意，增添了沮丧的灰色意味。

其实，所有的光明都有暗影，“但是”的本意不过是强调事情还有另一方面。可惜日积月累的负面暗示，使得“但是”这个预报一出现，就抹去了喜色，忽略了成绩，轻慢了进步，贬斥了攀升。

一位心理学专家讲学时说，她主张大家从此不用“但是”，而改用“同时”。

比如我们形容天气的时候，早先是这样说：今天的太阳很好，但是风很大。

今后可以改成：今天的太阳很好，同时风很大。

当你最初看这两句话的时候，好像没有多大的分别。你不要急，轻声地多念几遍，那分量和语气的差异，就体味出来了。

但是风很大——会把人的情绪向糟糕那一面倾斜，注意力凝固在不利的因素上。觉着太阳好是件不值得太高兴的事情，风大才是关键。借助了“但是”的威力，风就把阳光打败了。

同时风很大——它更中性和客观，好似一个导游小姐，在指点我们注意了某一种情形之后，又把她手中的金属棒，向另一个方向示去。前言余音袅袅，后语也言之凿凿。不偏不倚，公允而平整。它使我们的心神安定，目光精准，两侧都观察得到，头脑中自有定夺。

一词之差，它的背后，是怎样看待世界和自身。

我们绝不文过饰非，也不夸大其词。好比是花和虫子，一并存在。我们的眼光降落在哪里？降落在花丛中？降落在虫背上？

“但是”，是一副偏光镜，把我们的目光聚焦在虫子上。花园里花朵很美丽，“但是”把虫子的影子放大。

“同时”，是一个透明的水晶球，把我们均衡地分散在两方面。花园里花朵很美丽，“同时”，它也提示尚有虫子。

“但是”和“同时”，谁更持重和完整，更有利于我们对客观事物的评介和对主观判断的把持，想必会有公论。

如此讨论，仿佛和一个简单的连词过不去，有悖恕道。不过，这不单是如何连接上下两句话的问题，词的背后还隐伏着思维方式。

当我尝试着用“同时”代替“但是”以后，一天两天，似也看不出多大的变化。可时间长了，我发现自己比较地多了勇气，因为我的精神得到了补给和呵护。我发现自己比较地对人友善，因为我更明确地发现了他人的长处和优异。我发现自己较为敏捷地从跌倒的地上爬起，因为我看到了沟坎也看到了辙印。我发现自己多了宽容和慈悲，因为我每当意识到不足的时候，都同时给自己鼓励。

女人什么时候开始享受？

女人什么时候开始享受?

当我们为自己的母亲，为自己的姐妹，或为我们自己，问这个问题的时候，我们先要说明什么是女人的享受。

我们所说的享受，不是一掷千金的挥霍，不是灯红酒绿的奢侈，不是喝三吆四的排场，也不是颐指气使的骄横……

我们所说的享受，只不过是在厨房里，单独为自己做一样爱吃的菜；在商场里，专门为自己买一件心爱的礼物；在公园里和儿时的好朋友无拘无束地聊聊天，不用频频地看表，顾忌家人的晚饭和晾出去还未收回的衣衫；在剧院里，看一出自己喜欢的喜剧和电影……

我们说的女人的享受，只是那些属于正常人的最基本的生活乐趣，只因无数的女人已经在劳累中将自己忘记。

女人何尝不希冀享受啊!

抱着婴儿，煮着牛奶，洗着衣物。女人用沾满肥皂的手抹抹头上的汗水说，现在孩子还小，等孩子长大了，我就可以好好享受了……

孩子渐渐地长大了，要上幼儿园了，女人挽着孩子，买菜做饭，还要在工作上做得出色。女人忙得昏天黑地，忘记了日月星辰。

不要紧，等孩子上了学就好了，松口气，就能享受了……

孩子终于开始读书了，女人陷入了更大的忙碌之中。要把自己的孩子培育成一个优秀的人。女人们像陀螺似的转动在单位、家、学校、自由市场和各种各样的儿童培训班里……孩子和丈夫是庞大的银河系，女人是行星。哦，坚持住。就会好的，等到孩子大了，上了大学，或有了工作，一切就会好的。到那个时候，我可以好好地享受一下了……

女人这样对自己允诺，在梦中微笑了。孩子大了，飞翔出鸽巢，仅剩旧日的羽毛与母亲做伴。女人叹息着，现在，她终于有时间享受一下了。

出去的孩子又回来了，他或她带回一个更小的孩子。那更幼小的孩子牙牙学语了，只是孩子叫的不是“妈妈”，而是“奶奶”或“姥姥”……

女人就这样老了，终于有一天，她再也不需要任何享受了，在冥冥的梦幻中，安静地睡去……

原谅我描述了这样一幅女人享受的图画，忧郁而凄凉。

因为我觉得无数的女人，在慷慨大度地向人间倾泻爱的时候，她们太不爱一个人了——那就是她们自己。

女人们，给我们自己留一点享受的时间和空间吧！就从现在开始，就从今天开始。

不要把盘子里所有的肉，都夹到孩子的嘴边；不要把家中所有的钱，都用来装扮房间和丈夫……

善良的女人们，请从这一分钟开始，享受生活。

造心

蜜蜂会造蜂巢；蚂蚁会造蚁穴；人会造房屋、机器，造美丽的艺术品，写动听的歌。但是，对于我们最重要最宝贵的东西——自己的心，谁是它的建造者？

孔雀绚丽的羽毛，是大自然物竞天择造出的；白杨笔直刺向碧宇，是密集的群体和高远的阳光造出的；清香的花草和缤纷的落英，是植物吸引异性繁衍后代的本能造出的；人卓尔不群坚忍顽强的性格，是禀赋的优异和生活的历练造出的。

我们的心，是长久地不知不觉地用自己的双手塑造而成的。

造心先得有材料。有的心是用钢铁造的，沉重无比；有的心是用冰雪造的，高洁酷寒；有的心是用丝绸造的，柔滑飘逸；有的心是用玻璃造的，晶莹脆薄；有的心是用竹子造的，锋利多刺；有的心是用木头造的，安稳麻木；有的心是用红土造的，粗糙朴素；有的心是用黄连造的，苦楚不堪；有的心是用垃圾造的，面目可憎；有的心是用谎言造的，百孔千疮；有的心是用尸骸造的，腐恶熏天；有的心是用眼镜蛇的唾液造的，剧毒凶残。

造心要有手艺。一只灵巧的心，缝制得如同金丝荷包；一罐古朴的心，淳厚得好似百年老酒；一枚机敏的心，感应快捷电光石火；一颗潦草的心，门可罗雀疏可走马；一摊胡乱堆就的心，乏善可陈杂乱无章；一片编织荆棘的心，暗设机关处处陷阱；一道半是细腻半是马虎的心，好似白蚁蛀咬的断堤；一朵绣花枕头内里虚空的心，是假冒伪劣心界的水货。

造心需要时间，少则一分一秒，多则一世一生。片刻而成的大智大勇之心，未必就不玲珑；久拖不决的谨小慎微之心，未必就很精致。有的人，小小年纪，就竣工一颗完整坚实之心；有的人，须发皆白，还在心的地基挖土打桩；有的人，半途而废不了了之，把半成品的心扔在荒野；有的人，成百里半九十，丢下不曾结尾的工程；有的人，精雕细刻一辈子，临终还在打磨心的剔透；有的人，粗制滥造一辈子，人未远行，心已灶冷坑灰。

心的边疆，可以造得很大很大，像延展性最好的金箔，铺设整个宇宙，把日月包涵。没有一片乌云，可以覆盖心灵辽阔的疆域；没有哪次地震火山，可以彻底颠覆心灵的宏伟建筑；没有任何风暴，可以冻结心灵深处喷涌的温泉；没有哪种天灾人祸，可以在秋天，让心的田野颗粒无收。

心的规模，也可能缩得很小很小，只能容纳一个家，一个人，一粒芝麻，一滴病毒。一丝雨，就把它淹没了；一缕风，就把它粉碎了；一句流言，就让它痛不欲生；一个阴谋，就置它万劫不复。

心可以很硬，超过人世间已知的任何一款金属；心可以很软，如泣如诉如绢如帛；心可以很韧，千百次的折损委屈，依旧平整如初；心可以很脆，一个不小心，顿时香消玉碎。

造心的时候，可以有很多讲究和设计。

比如预埋下一处心灵的生长点，像一株植物，具有自动修复、自我养护的神奇功能。心受了创伤，它会挺身而出，引导心的休养生息，在最短的时间内，使心整旧如新。

比如高高竖起心灵的避雷针，以便在危急时刻，将毁灭性的灾难导入地下，耐心等待雨过天晴。

比如添加防震防爆的性能，在心灵遭受短时间高强度的残酷打击下，举重若轻，镇定地维持蓬勃稳定。

比如……

优等的心，不必华丽，但必须坚固。因为人生有太多的压榨和当头一击，会与独行的心灵，在暗夜狭路相逢。如果没有精心的特别设计，简陋的心，很易横遭伤害一蹶不振，也许从此破罐破摔，再无生机。没有自我康复本领的心灵，是不设防的大门。一汪小伤，便漏尽全身膏血；一星火药，便烧毁绵延的城堡。

心为血之海，那里汇聚着每个人的品格智慧精力情操，心的质量就是人的质量。有一颗仁慈之心，会爱世界爱人爱生活，爱自身也爱大家；有一颗自强之心，会勤学苦练百折不挠，宠辱不惊大智若愚；有一颗尊严之心，会珍惜自然善待万物；有一颗流量充沛羽翼丰满的心，会乘上幻想的航天飞机，抚摸月亮的肩膀。

造心是一项艰难漫长的工程，工期也许耗时一生。通常是母亲的手，在最初心灵的模型上，留下永不消退的指纹。所以，普天下为人父母者，要珍视这一份特别庄重的义务与责任。

当以我手塑我心的时候，一定要找好样板，郑重设计，万不可草率行事。造心当然免不了失败，也很可能会推倒重来。不必气馁，但也不可过于大意。因为心灵的本质，是一种缓慢而精细的物体，太多的揉搓，会破坏它的灵性与感动。

造好的心，如同造好的船。当它下水远航时，蓝天在头上飘荡，海鸥在前面飞翔，那是一个神圣的时刻，会有台风，会有巨涛。但一颗美好的心，即使巨轮沉没，它的颗粒也会在海浪中无畏而快乐地燃烧。

图书在版编目（CIP）数据

心理医生附耳细说 / 毕淑敏著. —北京：生活书店出版有限公司，2016.5
ISBN 978-7-80768-137-3

Ⅰ.①心… Ⅱ.①毕… Ⅲ.①散文集－中国－当代
Ⅳ.①I267

中国版本图书馆CIP数据核字（2016）第047689号

策 划 人　李　娟
责任编辑　廉　勇
装帧设计　视觉共振设计工作室
责任印制　常宁强
出版发行　生活書店出版有限公司
（北京市东城区美术馆东街22号）
邮　　编　100010
印　　刷　北京顶佳世纪印刷有限公司
版　　次　2016年5月北京第1版
2016年5月北京第1次印刷
开　　本　787毫米×1092毫米　1/32　印张11
字　　数　170千字
印　　数　0,001—5,000册
定　　价　45.00元
（印装查询：010-64052612；邮购查询：010-84010542）